Coverillustration : Ryu Sugahara

Cocktail Kiss Label

御曹司は初心な彼に愛を教える

gooneone

gooneone

Contents

イラスト・すがはら竜

御曹司は初心な彼に愛を教える

1

本城怜司《ほんじょうれいじ》は、黒地にグレーで書かれた小さな文字に目をこらした。

『Club Diletto』

(ここか……)

来店を決めたのは、半ば勢いだった。少し早まっただろうか。

看板の横、地下に向かう暗い階段。一段下るごとに厚みのある絨毯《じゅうたん》が静かに沈み、まるで別世界に誘《いざな》われているかのように感じる。

下りきった先の黒いドア。天井と右側の壁にはカメラの小さな赤いライトが光っている。

本城が正面に立つと、内開きのドアはすぐに開いた。

「いらっしゃいませ」

頭を下げたボーイに名乗る。

「〝三枝《さえぐさ》〟だ。予約はしてある」

「ご来店ありがとうございます。お待ちしておりました」

本城を見る目に違和感はなかった。どうやら偽名だということには気付かれなかったらしい。

「初めてなんだが」

そのことは予約の段階でも伝えてあった。念を押すように口にすると、ボーイは笑みを深めて頷《うなず》いた。

「当店をお選び頂きありがとうございます。どうぞお入りくださいませ」

ボーイに続いて店内に足を踏み入れる。厚さ十センチものドアは音もなく閉まった。暗い廊下の先、正面のドアをくぐると円形の広いフロアに出た。中央には丸いステージがあり、その上には官能的なピンク色の光を放つシャンデリアが下がっている。

それを中心に配置された複数のテーブルと、ステージに相対する一方向にのみ置かれたソファ。ステージ上は無人だが、ほとんどのテーブルには華奢《きゃしゃ》な男の子が、ソファにはスーツ姿の男性客が座っている。

「アッ、あんっ」

「ひゃぁ！　そこッ、アッ！」

甘美な嬌声。男の子たちはテーブルの上で足を広げ、客に陰部を見せつけたり、顔を埋められたりして甘い声を上げていた。

「こちらです」

「ありがとう」

テーブルとステージの間を進んで案内された席に腰を下ろし、差し出された熱いおしぼりを受け取る。広げると、隅に金糸で店名が刺繍《ししゅう》されていた。

（あの店にはなかったな……）

本城が「ちんパブ」の存在を知ったのは、今から半年前のことだった。

仕事を終えて帰宅した夜中に突然、電話が鳴った。

『なぁ、久しぶりに飲もうぜ』

幼稚園時代からの友人で医師の最上《もがみ》だった。彼は本城が口を開く前に「門の前にいる」とだけ言って電話を切った。

「どこに行くんだ?」

ドアを開けた瞬間に新車の匂いを嗅ぎ取った。しかしシートベルトからは甘い匂い。買ってすぐにどこかのお気に入りの男の子でも乗せたのだろう。

「イイトコロ」

鼻歌さえ歌いだしそうな最上に、本城は静かに息を吐いた。最上に連れられて行った先がまともだったことはほとんどない。しかし、おそらく気を遣ってくれたのだ。

数か月前、本城が任されている会社で大規模なリコールを出した。原因は下請けの作ったねじの強度不足。直接的に本城の会社が悪かったわけではないし、下請けがそれを隠蔽《いんぺい》していたことも明らかになっていた。それでもその責任を負うのが社長である本城の役目だった。

「いいところって、どこに行くんだ?」

「男の秘密基地」

最上が口角を上げた。これ以上は訊《き》いても無駄だろう――そうして本城が静かに身を任せて着いた先が、ちんパブだった。

ちんパブ——男の子のペニスをもてあそぶ店。しかし本城がそうと気付いたのは、個室にやってきた男の子がミニスカートを膨らませながら最上の膝の上に座った時だった。その瞬間、本城はジャケットから財布を抜いて腰を上げた。

「おいおい、待てって。めっちゃかわいい子指名しておいてやったから。ナンバー2だぞ、ナンバー2」

性風俗に偏見はないが、遊びたいとも思っていなかった。しかし本城が個室から出ようとした時、妖艶《ようえん》な男の子が顔を出した。

「失礼します。ミカゲです。ご指名ありがとうございます」

「な？　かわいいだろ」

状況的に、無理に退席することはできなくなった。そうして本城はキャストと楽しそうに遊ぶ最上が満足するのを、ナンバー2の酌を受けながら待ったのだった。

（……それがまさか、自ら来たいと思うようになるとは）

ここのところ、ひどく忙しかった。世界情勢の急激な変化や政権の交代。日本屈指の本城財閥の息子として出席を求められるパーティが増え、連日連夜仕事の後に呼ばれていた。

つまり、疲れていた。

帰宅は深夜。実家に住んでいた頃は執事なりメイドなりがいて身の回りのことをしてくれていたが、数年前からは一人暮らし。明かりもない家に帰り、脱いだスーツを自分でハンガーにかける。そんなことにさえうんざりしていた。

そんな時に思い出したのが、最上の楽しそうな顔だった。好みの男の子の性器をいじる――癒されるだろう。本城だって男だ。そういうことをしたいと思うこともある。しかももう長いこと誰とも夜を共にしていなかった。最後に恋人がいたのは六年も前のことだ。できればそういうことは恋人とだけ楽しみたいが、今は好みだと思う相手すらいない。だから自分が快楽を得ることはなくても、男の子が自分の手で快感に喘《あえ》ぐ姿を見たいと思った。

（せっかくだから相手は敏感な子がいいが……）

ここにはどういう子がいるのだろう――気付くとボーイがキャスト表を本城に向けていた。

「ああ、すまない」

「いえ。お好みの子をお選びください」

「そうだな……」

一緒にいるだけで癒しになるような子がいい。かわいく喘いではほしいが、性欲の発散だけが目的なのではない。

開かれたページには「ナンバー1」と書かれた男の子の写真があった。負けん気の強そうなへの字形の唇に、ツンツンした髪の毛と細い眉。男性客にペニスをいじられてよがる姿は想像もつかないが、きっとそのギャップがいいのだろう。だが残念ながら、本城の好みではない。

それに人気のある子は政治や経済にも詳しいだろう。ここでだけは、媚《こび》を売られたり気を遣われたりせずに過ごしたかった。だからこそ予約も偽名を使ったのだ。

（接客に慣れた子はやめておくか……）

さらにページをめくる。

（一番最近入った子なら不慣れか……？）

しかし「今月の新人」のページには、ナンバー3というシールが貼られていた。もしかしたら新人とはこの店に入ったばかりというだけで、他店での経験者なのかもしれない。

キャスト表を閉じ、ボーイに返す。

「……一番人気のない子を頼む」

ボーイは本城の言葉に一瞬表情を固めたが、すぐに笑みを作ってページをめくった。最後から二ページ目、一番目につきにくそうなところを開く。

「里央《りお》です」

人気がないとは言っても、それなりだろうと思っていた。しかし見せられた写真は、色気よりも幼さをまとっているように見えた。思わずキャスト表を手に取り顔を近づける。

くりっとした大きな目。丸みのある柔らかそうな頬《ほお》。鼻筋は通っているようだが唇がふっくらしているせいで少しだけそこが浮いて見える。髪はふわっとしたミディアム。女性だったらショートカットというのかもしれないが、今月三十五歳になった本城には非常に長く感じられた。しかし、里央にはとてもよく似合っていた。スプレーなんかで固めていないといいが……その髪を指ですくように撫《な》でてみたい。

しかし一方で、問題を起こしてはまずいという意識もあった。

『本城財閥の次男、ゲイ向け風俗で未成年者に卑猥《ひわい》な行為！』

そんな文言が週刊誌にでも載ればいったいどうなるか。本城財閥の所有する会社の株価は暴落し、日本経済そのものにも打撃を与えることだろう。

(最上が変な店を紹介するとは思えないが……)

「この子はまだ子どもじゃないのかな」

さすがに高校生がいるとは思わなかったが、里央はあまりにも幼かった。

「十九歳です」

プロフィール欄を見る。里央、最終学歴高卒。好きなことは〝抱っこ〟で、苦手なことは〝フェラチオ〟――どうやら奉仕をするより快感を与えられる方が好きな甘えん坊らしい。

「若いね。おじさんって言われてしまうかな」

自嘲《じちょう》的な言葉は高揚の裏返しだった。まだ写真でしか見ていないし、こういうものは大抵良く見えるように修整を施《ほどこ》されているだろう。しかしかわいい。どこか不安げにも見える黒い瞳に自分を映してほしかった。

本城はもう、里央に決めていた。頷きながらキャスト表をボーイに返す。

するとすぐ、ボーイは目を細めてそれを開き直した。

「こちらをご覧ください」

示されたのはプロフィールの最後。書かれていたのは〝好きなタイプは年上の男のひと〟。

「――ああ、よかった」

どうやら、少なくとも第一段階はクリアできたようだ。まあ、彼より年下がここに来ることはまずないだろうが。

ボーイはキャスト表を片付けると、本城に向けてメニュー表を開いた。

「お飲み物は何にいたしましょう」

「彼と会ってから一緒に決めても？」

「もちろんです。では少々お待ちください」

ボーイが立ち去ると、本城は辺りに視線を巡らせた。ソファの数もテーブルに合わせて十二のみ。本城が座ったことで空きは一席だけになった。

ふと、隣のテーブルの男性客がボーイに金を差し出しているのが目に入った。受け取ったボーイがその席にカーテンを引いて視界を遮《さえぎ》る。

本城が視線を上に向けると、自席にもカーテンレールがソファとテーブルを広く囲む形で設置されていた。

「失礼いたします」

近くから聞こえた声に視線を下ろす。先ほどのボーイが立っていた。その後ろには身長百六十センチ程度の、小柄で写真よりもかわいらしい顔つきをした里央がいた。

白いシャツに、赤と濃紺のチェックのミニスカート。細い太ももにはガーターベルトが見えている。

「里央です」

ボーイの紹介で里央がちょこんと頭を下げる。しかし緊張しているのか、視線はキョロキョロと動いて定まらない。小動物のような仕草が初々《ういうい》しい。

「よろしくね。どうぞ、座って」

「よ、よろしくお願いしますっ！　ありがとうございます。失礼します」

里央が硬い動きで本城の前のテーブルに腰掛けた。膝をピタリと閉じ、その上に握った両手をしゃんと置く。

「緊張してる？」

「は、はい……」

「怖いことはしないよ」

初心《うぶ》なフリをしているのか、それとも本当に初心なのか――。

里央が短いスカートをぎゅっと握った。その手が震えているのが暗い店内でもよくわかる。

（……本当に緊張してるな）

しばらく観察していたが、里央は自分からは一言も話そうとはしなかった。無言のまま、俯《うつむ》き加減で目をキュッと閉じている。

本城自身、遊び方などほとんどわかっていないというのに、それでもリードしてやらねばならないような気になった。

「里央くん」

呼び掛けると、里央は弾かれたように顔を上げた。

「は、はいっ！」

「何を飲む？」

「えっ？」

「一緒に決めようと思ってまだ注文していないんだ」

きっと他の子が相手だったら、どうしてこちらが気を遣わなければならないのだとぼやいたことだろう。しかし里央は、本城が自分でも驚くほどに守ってやりたいと思わせる何かを持っていた。

(この子にして正解だったな)

『あの店には好みの相手がいなかったようだから』と言ってこの店を紹介してくれた最上に内心で感謝する。

「お酒は……まだ二十歳前だったね。ジュースがいいかな？」

メニュー表には数十のソフトドリンクが並んでいた。ページを里央に向ける。

「あ、あの……い、いいんですか？　僕がいただいてしまっても」

「え？」

謙虚そうだとは思っていたが、まさか飲み物一杯で確認を取られるとは思わなかった。しかも訊き方が慎ましさを通り越して切なさを感じさせる。

（人気がないのは自信がないせいか？）

顔立ちだけでなく声や話し方もかわいらしい。控えめだから売り上げは上がりにくいかもしれないが、普通にしていればそれなりに指名も取れそうなものなのに。

「――どうして？　一緒に飲もう」

「はい……ありがとうございます」

「もしかしてあまり席についたことがない？」

一番人気のない子を、とは言ったが、それなりの接客経験はあると思っていた。平日の夜にもかかわらずほぼ満席なのだ。指名が取れなくてもフリー客の相手くらいはしているだろう。

「すみません……」

どうやら想像以上に経験が浅いらしい。しかしそういう純粋なところもかわいい。本城の周りにはいないタイプだ。

「まだ入ったばかりかな」

「一年くらい、です……」

「席についたのはどれぐらい？」

「席にはつけていただくんですが……その後すぐにチェンジになって」

がっついた客ならそうなるだろう。手っ取り早く行為に及びたい相手には、この性格は面倒くさいと思われる。

「そうか。でも私はそんなことはしないから」

震えたままの手に触れながら言うと、里央が怯《おび》えた目で本城を見た。

「……あの……ごめんなさい。僕、おちんちんがダメなんです」

「ダメ？」

「その……あまり気持ちよくなれなくて」

「それは強引にされたからとかじゃなくて？」

「自分でするのも……ダメなんです」

それならどうしてこんな店に——開きかけた口をつぐむ。そういうことを訊くのはルール違反だろう。社交界でも相手のプライベートには踏み込まないのが鉄則だ。

「……痛みはある？」

「はい……あ、でも、病気の検査とか健康診断では異常はないみたいで」

もしかしたら、性の知識が年相応に備わっていないのかもしれない。客に触られて痛かったのは雑に扱われたせいで、自分でしても痛みがあるのは知識がない故に正しいいじり方をしていないだけなのではないだろうか。

「……じゃあ怖くなっちゃうね」

「え？」

「気持ちよくなれないのに無理矢理触られたら怖いだろう」

「あ……」

「今日はお話をしよう。飲み物は何にしようか」

「でもおちんちん……」

スカートを握る里央の手が白くなった。包むように撫でる。

「いいんだよ」

たしかに本城は、男の子の陰部をいじりたいと思っていた。しかしキャストだって人間だ。しかも相手が客となると、不快に思っても嫌と言うことはなかなかできない。だから相手が嫌だと思うことはしない。一方的にではなく、二人で一緒に楽しみたかった。

「けど……」

「いいんだ。無理にいじっても楽しくないからね。それに、私はただおちんちんをいじりたいわけじゃないんだ」

「え……そうなんですか？」

「私はね、おちんちんをいじられて気持ちよくなっているところを見たいんだよ」

「ぁ……じゃあ他の人の方が……」

どうやら里央はよほど自分に自信がないらしい。もしかしたら店から売り上げの低さを責められているのかもしれない。

「里央くんがいいんだ。里央くんが気持ちよくなってるところが見たい」

これまで、本城の周囲には本城のために能動的に動いてくれる人間ばかりが揃っていた。しかし里央に相対して初めて、自分から人に尽くしたいという気持ちが湧き上がった。里央に甘えてほしい。この頑《かたく》なまでに自分を卑下《ひげ》する子に自信を持たせてやりたい。

「で、でも僕、気持ちよくなったことってないんです」

思わぬ言葉に、本城はメニュー表を落とした。慌てて拾いながら、「一度も？」と問いかける。

「はい」

「じゃあオナニーはどうしてるの？」

「出さないと苦しいので月に一回くらいはするんですけど……自分でしてもつらいのでタオルを噛んで叫ばないようにして……」

耳を疑った。いくら抜いても抜き足りない、やりたい盛りのはずの青年がそんなつらい射精をしているなんて。

しかし本城は同情を抱くとともに、言いようのない高ぶりを自覚した。極端なほど性に疎《うと》い青年に、本当の快楽を教えてやりたい。そして本城がいなければ射精できないようにしてしまいたい。

だがそのためには里央が他の客に愛撫《あいぶ》をされないよう、ここに通い詰めなければならない——頭の中で素早く仕事のスケジュールを組み直す。幸いパーティは落ち着いたので、仕事さえ終われば問題はない。

「そう……それはつらいね。いつか私が気持ちいい射精を教えてあげたいな」

「ありがとうございます」

里央が無理矢理笑顔を作った。そんなこと、どうせできないと諦めているのが透けて見える。

「……まずは飲み物を飲もう。何がいいかな？」

気持ちを切り替えるべく尋ねると、里央はわずかに表情を緩めた。しかしすぐ、困ったような戸惑いの表情で本城を見る。

「えっと……」

「三枝だよ」

本当は本名を告げたかった。もしかしたら里央は本城の名前を聞いても誰かわからないかもしれない。しかし里央が本城を呼ぶのを聞いた誰かは気付くかもしれない——。

「あの、三枝さん。お酒は飲まれますか」

「普段は飲むけどね。初対面で酒臭い人の相手は嫌だろう？　私はウーロン茶をもらうよ。里央くんは好きなものを選んで」

里央はもじもじと身体を揺らした。

「えっと……じゃあいちごミルク、いいですか」

「もちろん」

頷くと、里央の顔に花が咲いた。しかし本城が見ていることに気付くと、頬を染めて俯いてしまう。

ああ……なんてかわいいのだろう。今すぐ腕の中に閉じ込めてしまいたい。しかしまだだ、と自制する。もう少し慣れてもらってから。

注文は本城がした。通常こういった店ではキャストがするのだろうが、たとえボーイ相手であっても里央から話しかけるのを見るのは嫌だった。

ボーイが去ったところで、視線を里央のスカートに移す。

（いやらしいな……）

その中を覗《のぞ》きたい。普通にしていては見えないようなところに所有印を残したい。思わずじっと見てしまう。

「……足が細いね」

ピタリと閉じられた足の肌には張りがある。

「ぁ……昔から太らなくて……」

脂肪だけでなく、筋肉もないように見えた。体質なのか、じゅうぶんに食べていないのか。それとも最近の子らしくゲームばかりで運動をしていないのか。

「里央くんは普段何してるの？」

「あ……上にいます」

里央が眉尻を下げながら作り笑いを浮かべた。

「上？」

いったいどういう意味だろう。何か別の店舗でも入っているのだろうか。

尋ねようとした時、ボーイがドリンクを運んできた。タイミングが悪いが仕方ない。グラスを静かに触れ合わせてから口に運ぶ。

「あの、三枝さんはこういうお店って慣れてるんですか」

「いや、初めてだよ。お酒を飲むだけのお店ならたまに付き合いで行くことはあるけどね」

初めて——最上と行った先では結局水割りを飲んだだけだったので、ノーカウントでいいだろう。キャストには指一本触れていない。接待付きのパーティだって同じだ。

しかし里央は不安そうに瞳を揺らした。

「そうなんですね。楽しんでいただけるといいんですけど……」

「楽しいよ」

里央を見ているだけで満足できそうなほど。

「……本当ですか？　でもおちんちん……」

この自信のなさも、鬱陶《うっとう》しいとは思わなかった。

「これからもここにしか来ないよ」

「え？」

「里央くんに気持ちいいことを教えてあげたいんだ。ここに、里央くんに会いに通うよ。それでおちんちんで気持ちよくなれるようにいろいろ教えてあげる」

「あ……」

里央がギュッと目を閉じた。色を含んだその表情にドキリとする。

「里央くんは、おちんちんで気持ちよくなれるようになったらどんなふうにされてみたい？」

「ぁ……抱っこで……手でこすってほしい……です……」

想像だけで顔を赤くする様子は本物の清らかさだった。守ってやりたい、かわいがりたいという思いと同時に膨らんでくる押し倒して啼《な》かせたい、という劣情《れつじょう》をぐっとこらえる。

「フェラチオは？」

「苦手なんです。その……刺激が強すぎて」

「え、もしかしてプロフィールのフェラチオが苦手って、する方じゃなくてされる方のことだったの？」

「はい」

逆だと思っていた。しかしオナニーでもつらく感じるのであればフェラチオなんてされたらたまったものではないだろう。しかし、ここはそれをさせるための店だ。

「そうか。じゃあフェラチオで気持ちよくなって、私の口に射精するのを目標にしようか」

「っ……」

里央の肩が小さくなった。言葉だけでそんなに怯えてしまうとは。

「ああ、ごめんね、まだ早かったね。無理矢理したりなんてしないよ。大丈夫。さあおいで、抱っこしよう」

腕を伸ばすと、里央は思いの外するりとテーブルから下りた。下着が見えそうで見えないスカートのラインについ視線が向かってしまう。欲望を振り切るように里央の顔を見上げる。

「――おいで」

「あの、えっと……」

抱っこが好きと言いながら、どうやら抱きしめられることにも慣れていないらしい。戸惑う里央の腰に腕を回し、対面で膝の上に座らせる。

「あっ……」

「おじさん臭いかな?」

「いえ、そんな!　お兄さんで――あれ?」

スンスンと首元を嗅がれた。さすがに少し恥ずかしくなる。

「里央くん？」

「いい匂い……」

「え？」

「ん……好き……」

里央が本城の首元に顔を埋めた。付近の空気が吸われているのを肌で感じる。

「ん……はぁっ……いい匂い……」

里央は上半身をぴたりとくっつけてぎゅうぎゅうと抱きつき、本城の襟《えり》の隙間にまで鼻をこすり付けて匂いを嗅いだ。

（かわいい……）

里央の背中を撫でていると、ふとスカートの短さを思い出した。お尻が上がっているので、フロアの方からは中が見えてしまっているだろう。里央の邪魔をしないように注意を払いながら財布を取り出す。

「君、」

ボーイに呼び掛けると、里央の身体がビクンと跳《は》ねた。違うよと伝えるために頭を抱き寄せてから、札を持った腕を伸ばす。

「カーテンを閉めてもらえるかな」

「かしこまりました。こちらをお使いください」

テーブルに置かれた小さなカゴ。中にはローションとコンドームが入っていた。

「さ、三枝さん……」

カーテンが閉まりきると里央は顔を離した。目はとろんとしているが、その表情には怯えがある。

「何もしないよ。ただカーテンがないと里央くんのかわいいところが見えてしまう気がしてね」

「甘えてるところ……ですか」

どうやらスカートの短さは頭から抜け落ちているらしい。それだけ匂いに夢中になってくれたのかと思うと喜びに胸が高鳴る。

「そうだね。里央くんが甘えてくれているところは誰にも見せたくない」

「恥ずかしい……」

「かわいいよ。おいで」

本城がもう一度頭を引き寄せると里央はさらに顔をとろけさせ、首筋に鼻をこすり付けて匂いを嗅いだ。

「はぁっ……」

「そんなに好き？」

彼なりの営業なのか、それとも本当に相性がよかったのか。

「んっ、好きっ、いい匂い……ん、はぁっ」

里央の吐息が熱い。その温度で本城のペニスが硬くなっていく。

（まずいな……）

身体はくっついているのだ。勃起《ぼっき》はすぐに感じ取られるだろう。怯えさせないといいが——。

「つぁ、三枝さん……」

「ん？」

「僕、むずむずっ……」

身体を離した里央の頬は先ほどよりも濃い桃色になっていた。はぁはぁと息苦しそうに喘ぐ。

「はぁん……」

「熱い？」

「はいっ……」

痛いほどの鼓動を感じながら、里央のシャツのボタンを外す。抵抗されるかと思ったが、里央はうっとりとした顔で本城を見つめるだけだった。

第四ボタンまで外すとあばらの浮いた薄い胸板が現れた。頼りないそれに切なさを感じながらも、まだ隠れたままの乳首が気になる。

「おっぱいは見てもいいのかな」

「は、はい」

里央が恥ずかしそうに顔を背け、目を閉じて眉根を寄せた。嫌がっているわけではないと判断し、シャツを左右に開く。

「ああ……とてもかわいいね」

あまりの絶景に感嘆の息が漏れた。

里央の乳首はまるで摩擦《まさつ》を受けたことなんて一度もないかのような薄いピンク色をしていた。着色したようなそれに身体がさらに高ぶる。今すぐにでもその敏感そうな淡い粒をこねまわし、真っ赤に染めてしまいたい。

「やぁ……恥ずかしい……」

「すごくきれいだよ」

「や……」

「ここを触ったり触られたりしたことは？」

「えっ、ないです！」

「誰も触らないの？」

「みんなおちんちん……」

「そうか、そうだね。みんな里央くんのおちんちんを見たがったんだね」

「三枝さんも見たいですか……？」

「うん……でも怖いだろう？」

「……見てください」

里央がゆっくりとスカートをまくった。現れたのは薄いピンクのレースでできたフロントポーチのGストリングで、ポーチの真ん中には縦に割れ目が入っている。しかし細い赤紐が蝶々《ちょうちょ》結びで中身を隠すようにそこを閉じており、肝心なところはよく見えない。その下の陰嚢《いんのう》を包む部分には、紐と同じ色のリボンが一つ縫い付けられていた。

「とてもセクシーだね」

「恥ずかしいです……」

里央はもじもじと腰を揺らした。

「下着をつけてるのに見えちゃってるよ」

ペニスの先端部分はレースが厚くなっており、見ることはできない。しかし竿《さお》や陰嚢の膨らみは一見しただけですぐにわかった。

「ぁん……やだぁ……」

「この紐は？」

「ぁ……ほどいてください……」

「ほどいたら？」

「おちんちんが……」

「いいの？」

仕事なのだからダメと言えないことはわかっていた。しかしそれでも里央からの許可が欲しかった。

「はい……」

「ありがとう」

まるで初めてできた恋人に初めての口付けをした時のような緊張感。年甲斐《としがい》もなく震えそうな指を伸ばし、細すぎて頼りない紐をゆっくりと引っ張る。

「あっ……」

紐はスルッと簡単にほどけた。中身の体積によって下着の割れ目が膨らんで、そこからポロンと小さなペニスが顔を出す。

「出してあげなきゃいけないのかなと思ったけど」

「みんなは手でしないと出ないらしいんですが……」

「里央くんはおちんちんが小さいから勝手に出ちゃうんだね」

「う～……はい……」

ゆっくりと勃起を始めたペニスは、本城が見つめているだけでどんどん角度を変えていった。しかし、上を向いても大きさはほとんど変わらない。

「あまり大きくならないのかな」

「これでも膨らんでるんですけど……あんまり変わらなくて」

「そうか。じゃあずっと小さいままなんだね」

「ぁっ……」

小さな膨らみがピクンと揺れた。こんなにかわいいものを見せつけられては誰でもがっつきたくなるだろうなと思いながら、どうにか冷静になろうと細く息を吐く。

「勃起するだけでも痛い？」

「あんまり大きさが変わらないので大丈夫です」

「そうか、そうだったね」

勃起をしても里央のペニスは人差し指ほどの長さしかなかった。太さは親指程度。オナニーをするにも握るというよりつまむという形になるんだろうなと下世話なことを考える。

「近くから見たいな」

「ぁ……はい」

里央がするりと足から下りた。スカートの裾をふわりと膨らませながらテーブルに戻り、足を開く。

「僕のおちんちん……見てください」

「ありがとう」

真性包茎《ほうけい》の小さなペニスは一センチほどの皮の窄《すぼ》まりを作っていた。オナニーでも痛いと言っていたので触れてしまわないように気を付けながら、至近距離からそれを見つめる。

「ぁっ……」

里央はいやいやと首を振った。

「ん？」

「やっ、汚いから……」

「汚くないよ」

「でも洗えないから……」

「大丈夫」

しかし、いつかこの中を洗ってやりたいと思った。そして里央が自身のペニスを汚いなどと卑下しないようにしてやりたい。

「でもっ……」

「おちんちんで気持ちよくなることを覚えたら中を洗ってあげたいな」

「中……？」

「そう。ここに綿棒を入れて優しくこすってあげる」

「そんなっ」

「今は怖いかもしれないけど、ちゃんとおちんちんで気持ちよくなれるようになってからだから大丈夫」

「でも僕、気持ちよくなれるかどうか……」

「なれるよ、大丈夫」

「……はい」

むしゃぶりつきたい衝動を抑えるためにウーロン茶を飲む。氷がとけ、すっかり味が薄くなっていた。

「もう一度頼もう」

「え？」

「氷がとけてしまった。同じのでいいかな」

里央のいちごミルクもほとんど減らないまま、グラスの中で層を作ってしまっていた。

「いえ、もったいないので」

「おいしくないだろう」

それにオーダーを入れれば指名である里央の売り上げにもなる。

「おいしいです」

その声が、少しムッとしているように聞こえた。

「氷がとけていない方がおいしいと思うよ？」

「でももったいないから僕はいいです」

強い言い方に、思わず一瞬たじろいだ。里央がハッとした様子で顔をそらす。

「す、すみません……」

「いや、そうだね。食べ物や飲み物は大切にしないといけなかった」

「そんな……あの、三枝さんは新しいのを――」

「飲み終わってからにするよ」

すぐ新しいものに目移りする男だと思われたのではないかと不安になった。そしてそんな――食べ物や飲み物を大切にする――小学生でもわかるようなことを忘れていた自分が恥ずかしかった。

しかし一方で、物珍しさも感じていた。本城の周りにいるのはイエスマンばかりで、里央のようにきっぱりとものを言うのは最上くらいだったのだ。

(……芯のある子だな)

外見や話し方は幼い。今のも、まるで礼儀をしつけられたばかりの正義感を残した子どものようだ。だが、それがやけに愛らしく思える。

「……あの、本当にごめんなさい」

本城がじっと見ていたせいで、怒っていると勘違いしたらしい里央が身体を縮めた。慌てて里央の背中に手を回す。

「ああ、ごめんね。怒ってなんていないよ」

自分の胸にぽんと浮いてきた温かいもの。

まさかそんな――戸惑いをごまかすようにウーロン茶を半分ほど一気に飲み干した時、里央のペニスが下を向いていることに気が付いた。怯えさせてしまったことに申し訳なくなりながらも、萎《な》えてもサイズが変わらないペニスが愛おしくなる。

「ごめんなさい」

「里央くん？」

「三枝さんがおいしいものを飲めるのが一番なのに」

まだ気にしていたのか。真面目な子だな、と思うと同時に、胸に広がっていたものが熱を持ち始める。

「いいんだよ。それに里央くんに注意されなければもったいないことをしてしまうところだった」

「いいえ、あの……もし嫌じゃなければその残り、僕に飲ませてください」

「え？」

「三枝さんにはちゃんとしたやつを飲んでほしいです」

一生懸命作られた笑顔が切ない。この子はいつもこうやって気を張りながら生きているのだろうか。

守ってやりたい。いつでも腕の中に閉じ込めて、里央の心を揺らすものをシャットアウトしてやりたい。

「いいんだ。時間はたっぷりあるから次に何を飲むか考えながら飲もう」

本城の言葉に、里央が目を見開いた。

「え……？」

「閉店までいたいんだけど……この後予約とか入ってる？」

「いえ……でも僕でいいんですか……？」

「里央くんがいいんだよ。閉店まで抱っこで過ごそうか」

里央のペニスがゆっくりと顔を上げた。性的に興奮するようなことなんて何も言っていないというのに。

（まるで犬のしっぽだな……）

感情によって角度を変えるペニス。早くかわいがってやりたい。

「おいで」

「あの、また匂いを嗅いでもいいですか？」

「私でよければいくらでもどうぞ」

「嬉しいです！　あ、でもそれでは三枝さんが退屈ですよね」

「そんなことはないけど――じゃあ私は里央くんのおちんちんを眺《なが》めて過ごすよ」

里央の腕を引いてテーブルから下ろし、本城と同じ向きで足の上に座らせる。身体を支えるべく胸を抱き、スカートをまくる――しかしペニスが小さすぎて、背後からではほとんど見ることができなかった。

「おちんちん、見えますか？」

「――少しね。でもピンク色の乳首はちゃんと見えるよ」

「あっ……」

「乳首は痛い？　いじったら怖いかな」

本当は小ぶりなペニスと陰嚢――大きく口を開ければすべて一気に含めてしまいそうなそれらを、今すぐにでもぐちゃぐちゃにしてしまいたかった。

「いえ……」

「じゃあ少し乳首を揉ませて」

「んっ……して……」

里央は悩ましげな声で返事をすると、胸を反《そ》らせて乳首を強調させた。まるで好きにしていいと言われているようで息が荒くなる。欲望のまま里央の両乳首を指先でつまむと、その瞬間、里央の身体がビクンと跳ねて本城の耳元で嬌声《きょうせい》が上がった。

「アアッ！」

「気持ちいい？」

「はいっ！　アッ」

「痛みは？」

本城の鎖骨に後頭部をこすり付けるようにして里央が首を振った。乳頭をつまんだ指先をす

り合わせるようにして潰すと、その度にピクンピクンと華奢な身体が小刻みに跳ねる。

「あっ、アッ、ああっ！　ないっ、ないですっ」

「感度がいいね」

もしかして、ペニスをいじると痛いというのは感度がよすぎるせいなのではないだろうか。

「里央くん。おちんちん、皮の先っぽだけ触ってみてもいいかな」

「え……」

「皮の先だけだよ。痛かったらすぐにやめるから」

「……はい」

本城が乳首から手を離すと、里央は身体を反転させた。本能のままに下を見ると、ペニスの先端からは透明な愛液が垂れている。

「おちんちんがお漏らししてるよ」

里央が目を見開き、「えっ」と声を上げて下を向いた。

「あっ……！」

「かわいいね」

垂れた雫《しずく》を指先に取り、先端の窄まりに塗り込める。里央はすぐ、首をぶんぶんと振りながら本城にすがりついた。

「アッ！　だめ、だめえっ！　アッ……あああっ！」

「里央くん？」

皮に触れるだけでも痛かったのか――しかし次の瞬間、指に温かいものを感じた。熱い吐息が本城の首筋を湿らせる。

「はぁっ……ご、ごめんなさいっ……」

里央は小さな身体をさらに縮こまらせていた。謝ることなんて一つもないというのに。

「いいんだよ。上手に射精ができたね。痛みはないかな？」

「いえ……気持ちよかったです……」

「それはよかった」

しかしまさか、皮を数回くりくりしただけで射精してしまうとは――明らかにここで働くのには身体が適応していない。

ティッシュを取り、指先を拭《ぬぐ》う。しかし里央のペニスはどうしたらいいものか――。

荒い呼吸を繰り返す里央に呼び掛ける。

「里央くん。おちんちん、拭いても大丈夫かな」

「あっ、ごめんなさい。僕、自分でします」

「手を煩《わずら》わせると思って言ってるんだったらそれは必要ないよ。射精させたのは私なんだから」

「いえ、その……」

「痛くなりそう？」

「ごめんなさい……」

「謝ることなんてないよ。じゃあ自分でおちんちんをきれいにするところを見せて」

里央の肩を抱いてテーブルに座らせ、ティッシュを渡してすぐ近くからそこを見つめる。

「恥ずかしい……」

「恥ずかしくないよ。今だけはこのおちんちんは私のものだ」

「三枝さんのおちんちん……？」

「そうだよ」

「あ……へへ」

はにかみ笑顔。いじられるのは怖いのに、所有物だと言われるのは嬉しいのか。

里央がティッシュを折り畳み、その角を皮の窄まりに挿入するようにして押し付けた。

「んっ……」

「……そんなので感じるの？」

「はい……」

舐めたい。その小さな窄まりに無理矢理舌を突き入れ、快感のあまり痛みに感じてしまう敏感な亀頭《きとう》を舐め回したい。そして里央が気を失うほどのバキュームで精液を吸い出して味わいたい。そんなこと、言うだけでも泣かせてしまいそうだけれど。

（それにしても、これでは生活もままならないいんじゃないか……？）

「里央くん、普段トイレとかは大丈夫なの？」

「あ……座って、あまり刺激しないように指でトイレの中に押し込む感じでしてます」

「へえ……それはすごくえっちだね。見てみたいな」

スカトロの趣味はないはずだった。しかし里央が頬を赤く染め、ペニスで感じてしまわないように一生懸命排尿している姿は見てみたいと思う。

「そんな……恥ずかしいです……」

「ここにはそういうことを求めるお客さんはいないの？」

「僕はそんなふうに言ってもらえるまでテーブルについていられなかったので……でも一緒にトイレに入ったりしている人はいます」

「じゃあ店のルールでダメというわけではないんだね」

しかしさすがに初対面でそれは求めすぎか。それに里央はイったばかり。普段からあまり抜いていないようだから、今日はもう興奮することもないだろう。

「じゃあそれはまたの楽しみに取っておくよ。おいで」

腕を引き、ふわりとテーブルから降ってくる身体をしっかりと抱きとめる。

「話すだけと言ったのにいじってごめんね」

「いえ！　その、全然痛くなかったです。気持ちよかった」

「よかった。触らせてくれてありがとう。でも疲れただろう。眠ってしまってもかまわないよ」

「大丈夫です」

ここで素直に甘えて「うん」と頷いてくれたらさらにかわいかっただろう。しかしもし実際にそうされれば初対面なのにと思ったかもしれない。まだ、自分の感情が曖昧《あいまい》だった。

「このまま一緒に寝られたらいいのにね」

「横になりたいですか？」

「え？」

「一度立っていただいてもいいですか」

里央が膝から下りたので本城も腰を上げる。すると里央はテーブルをカーテンギリギリのところまでどかし、ソファをテーブルがあった場所まで移動させた。黙って見ていると、ソファの背もたれが倒れ、足部分がせり出してセミダブルサイズのベッドになった。

「寝られるんだ」

「目的は――」

「ああ、そっか、そっちだね、普通」

ベッドにした状態でも収められるカーテンサイズ。ボーイがコンドームとローションを置いていった時点で本来の目的は明らかだった。

「シーツを掛けますね」

ソファの下から取り出されたカゴ。中には防水シートや薄手の毛布まで用意されていた。

「準備がいいね」

「あ……僕は使うの初めてなんですけど……」

ぼそぼそと呟くような声だったが、本城の耳にはしっかりと届いた。こんな些細《ささい》なことでも里央の初めてをもらえることが嬉しい。

「腕枕で閉店までひと休みしようか」

「腕枕……！」

これも初めてだったらいいと思いながら言った言葉。経験の有無は、里央の表情の変化ですぐにわかった。


電話が繋がってすぐ、挨拶《あいさつ》もなく最上が言った。

『どうだった？　いい子はいたか』

本城は里央の顔を頭に思い浮かべながらソファに座り、天を仰いだ。

「ああ、すごくよかった」

しかし、返事が本城の耳に届くまでにはしばしの間があった。

『──珍しいな、お前がそんなこと言うなんて。そもそも風俗とか飲み屋とか、好きじゃなかっただろ』

知っていてこれまで連れて行っていたのか──頭に浮かんだ文句を打ち消す。里央に会えたのは最上のおかげだ。

「お前の気持ちがようやくわかったよ」

『そんなにいい子がいたのか』

「言っておくが、店に行っても無駄だぞ。しばらく先の分まで予約を入れて金も払ってきた」

『おいおい。本気かよ。お前、当分恋愛はいいって言ってただろ』

「まあ……」

恋愛。まだ一度行っただけ。それなのに否定できない自分がいた。

『相手の子は？　お前の正体には気付かなかったか』

「……ああ。偽名を使ったから」

それは店を出て一時間が経った今も、本城の胸に重いものを残していた。あんなに素直で純粋な子に、名前という大事なもので嘘をついた。

『そうか。じゃあ財産目当てじゃなく本当にいい子なのかもな』

「おい……」

返事をしながら、もし正体を告げたら里央はどう反応するだろう、と考えた。驚くだろうか。それとも嘘をつかれていたことを悲しむだろうか――なんとなく、どちらでもないような気がした。傷ついたことを隠して笑う、そんなタイプに思えたのだ。しかしまだ、傷ついてもらえるほどの関係にはなれていない。

「――そうだ、あの店の上にはどんな店舗が入ってるんだ？　普段は上にいるって言われたんだが」

掛け持ちをしているのならそちらにも行きたいという不埒《ふらち》な考え。しかし最上は深刻な声を出した。

『それ、指名の子が言ったのか？　もしかしたらその子、借金返済のために働いてるのかもしれないぞ』

「え――」

『上は寮になってて、店に莫大《ばくだい》な借金がある子が住んでるって聞いたことがある』

「それ、本当なのか」

――上にいます。

困ったように笑う里央の顔が思い出される。

『確かめたことはない。でも店としては逃がさないよう、寮で管理した方がいい』

何も言えなかった。ただ、最上はこのような時に興味本位で発言をする男ではない。

電話を切ると、頭に里央の顔が浮かんだ。ピンク色の頬と唇。本城と目が合うと恥ずかしそうに視線をそらしてしまうのに、抱き寄せると嬉しそうに匂いを嗅ぐ――。

(借金、か……)

2

しんとした広いフロアにモップをかけ、テーブルについた客のかキャストのかわからない多量の精液を拭う。

（三枝さん、すごくいい人だったな……）

穏《おだ》やかで優しくて、話し方も柔らかくて、声も低くて腕も太くて……顔もかっこよかった。

一年近く前、店に出るようになってすぐの頃は、里央でも何度か指名をもらうことがあった。

けれどペニスがダメだと知ると皆一様にチェンジになって——しかしそれは当然のことだとわかっていた。だってみんな、高いお金を払って来ているのだ。

だから今回も挨拶をするだけになるだろう。そう思っていたのに、三枝は違った。

（神様からのプレゼント……かなぁ……）

最期くらい、いい思いをさせようとしてくれたのかもしれない。

モップを肩で支え、指を折って数える。

（いち、にい、さん……あと四か月……）

それまでに身請《みう》けをしてくれる人が見つからなかったら——。

「里央」

「っ、は、はいっ！」

誰もいないと思っていたフロア。慌てて振り返ると、ステージの横に店長が立っていた。

「今日のお客さん、明日も予約してった」

「あ……そうですか」

嬉しい。けれどそれを表情に出してはいけない。だって、自分はたった一度のリピートを喜んでいいような立場ではない。

「これまでの生活費の分もちゃんと稼げよ。穀潰《ごくつぶ》しが」

「……はい」

本当は、ここで働くよりも外に出て清掃の仕事でもした方がよほど安定した収入になる。けれどそれは〝雇ってもらえれば〟の話だった。

「初日と二回目はまだ好奇心だ。ちゃんと客の心を掴《つか》んで次に繋げろ」

「……はい」

モップを握る手に力が入った。それを見た店長がニヤリと笑う。

「あと四か月、身請けが決まらなければ〝臓器〟だからな」

苦しくて、逃げるように俯き唇を噛む。

「おい、聞いてんのか？　自分の立場わかってんのか？」

「はい……」

わかっている。嫌というほどわかっている。だってずっと、小さい頃からそう聞かされて育ってきた。ここに来てから十年以内に借金を返し終えるか身請けをしてもらえなければ臓器を売って、借金とこれまでの生活費を返済する。もちろん、臓器は使えるものはすべて使う。肺だって、心臓だって――。

意識したら手が震え、床に倒れたモップが高い音を響かせた。

「す、すみません」

モップを拾う里央を見ながら、店長がテーブルに腰を下ろした。

「可哀想だよなぁ……どんなに金があったって病気には関係ない。大金持ちだって癌《がん》になるし、その子どもや孫だって心臓に爆弾を抱えていたりする」

店長は里央に覚悟を決めさせようとしているように見えた。たぶん、秒読みに入ったのだ。いよいよ里央の臓器提供がリアルなものになってきた。もしかしたら、もうどう頑張ったって完済や身請けは無理そうだから、これ以上生活費で借金が増える前に……と考えているのかもしれない。

「――でも、金があれば臓器を交換できる」

「交換……」

「日本じゃお行儀よくしてたって順番なんて回ってこないんだよ。金積んで臓器を買う方がよほど早い」

「そうなんですか……」

「知ってるか？　日本で一年間にどれくらいの人間が移植を受けられるか」

「いえ……」

移植したい人の半分くらいだろうか。それでもまだまだ足りていないと思うけれど。

「希望している人の、たった二、三パーセントだよ。百人に二人程度しか受けられない」

「え……」

驚きの数字だった。だってみんな、生きるために移植を希望しているのに。

「心臓や膵臓《すいぞう》なら三年、腎臓なら十五年近く待たなきゃならない」

「そんなに……」

だってそれでは……間に合わない人も出てくるだろう。

「あくまで平均だけどな。でもそんなだから、猶予《ゆうよ》がない人は莫大な金を払ってでも手に入れたいと思う。その気持ちはわかるだろ」

言葉が出なかった。だってそんなに少ないとは思っていなかったのだ。

いや、だからこそ借金を帳消しにすることができるのか。

「今日もオーナーに相談が来てたらしいぞ。どうやらかわいい孫娘の心臓がヤバいらしい。今日の客を逃したら四か月経つ前に契約結ばれちまうかもな」

「ひっ……」

臓器を必要としている人がたくさんいるとわかっても、自分の臓器を差し出すと思うと怖かった。

「可笑《おか》しいよな。生まれた国、文化、家庭で人生がガラリと変わっちまう。お前だって違う親のもとに生まれていれば今頃大学に行って友達と笑ってたかもしれないのに」

高卒――プロフィールに書かれたそれは真っ赤な嘘だった。高校どころか、小学校にだって行ったことがない。しかしそうとわかれば、客は事情持ちだと察して敬遠する――らしい。

（僕だって……行ってみたかった……）

里央の両親はギャンブルが好きだった。仕事もせずにのめり込んで借金を作り、ヤクザの取り立てが来るようになったら里央を置いて消えた。そしてこの店のオーナーに買い取られ、炊事洗濯掃除雑用の毎日――ようやく十八歳になって店に出られるようになっても少しも売れず、結局以前と変わらない生活を送っていた。

「ま、せいぜい頑張れよ」

言いたいことを言って満足したのか、店長はのんびりとした歩調で出て行った。

営業中より明るいフロア。そこに降る静寂が苦しい。

（……臓器）

あと四か月で自分は死ぬ。ずっと、それは仕方のないことだと思っていた。親にも愛されず、いらない子だった。

店でも快楽を得るどころか人見知りでうまく話すこともできず、みんなみたいに学校に行っていたわけでもないから世の中の話や、政治の話にもついていけない。だから間違えて自分を指名してしまった人には他の子の方がいいですよ、と、少しでも後悔させないように、お金を無駄にさせないように早い段階でペニスがダメなことを伝えていた。

でも今日、三枝のぬくもりを知ってしまった。過ごしたのはたった数時間だったのに、三枝の匂いや気配が里央の全身に残っている。

（……三枝さん……）

三枝の腕の中で死ぬのならよかったのに。それならきっと怖くなかった。幸せな気持ちで〝臓器〟になることができたのに……。

怖い。

残り四か月——三枝はいつまで来てくれるだろう。臓器になることが決まったら、さよならの挨拶で少しは悲しんでくれるだろうか。

（そこまでは……通い続けてもらえないかな……無理だよね……）

涙がポロリと落ち、テーブルを濡らした。手にしていたおしぼりで拭うと、水っぽい涙のかわりにねっとりとした精液がついてしまう。

（こんなふうにたくさん射精できたら……そうしたら……）

おしぼりを折り畳み、面を変えてテーブルを拭う。

（おちんちんが……ちゃんと気持ちよかったら……）

しかし拭いても拭いても、どんどん水溜まりができていく。

「僕……もうすぐ死んじゃうの……？」

——でも、臓器を待っている人たちがいる。


「里央、三枝様いらっしゃった。八番テーブル」

「ぁ……はい」

翌日、三枝は開店と同時にやってきた。喜びよりも苦痛が勝る。たった一度きりだったら、いい夢を見せてもらったと人生の思い出にすることができたのに。それに今会ったら、身請けをしてもらえないかと事情を話したくなってしまいそうだった。

（ダメ……絶対に言っちゃダメ）

三枝は楽しむために来ているのだ。それに言ったところで身請けなんてしてもらえるわけがないし、ここへも二度と来てはくれなくなるだろう。それなら今は三枝に来てもらって命を繋ぎ留めておいた方がいい。さすがに指名の客がいるうちは臓器にされるということはないだろう。たぶん、期限が来るまでは——。

そんなふうに考えていたのに、実際に三枝の優しい目を見たら胸の奥が熱くなってしまった。ただただ、会えたことが嬉しい。

「三枝さんっ！」

「こんばんは、里央くん」

三枝の嬉しそうな顔に、目の奥がじんと痛む。

「来てくださってありがとうございます。今日もお会いできて嬉しいです」

「私もだよ。腕の中に里央くんがいないとなんだか落ち着かなくてね」

「僕も……早くぎゅってしてほしいです」

しかし三枝に近づくと怪訝《けげん》そうな顔をされた。思わず足を止める。

「……里央くん、何かあった？」

「え？」

「目、ちょっと腫れてる？」

三枝の指が里央の目元をなぞった。やばい、と思ったのは一瞬で、自分でも驚くほどスムーズに嘘が口から飛び出す。

「あ……ちょっと寝不足で」

「寝不足？　どうしたの？」

「その……ドキドキしちゃって」

「ドキドキ？」

「寝る前、三枝さんにおちんちんかわいがってもらったのをたくさん思い出しちゃって」

嘘だとバレるだろうか。バレたら嫌われる。店に来てもらえなくなる。そしたら――。

「ムラムラした？」

「やだ……恥ずかしいです……」

きっと店長に声を掛けられなければ、普通に寝るくらいはできたはずだ。でも実際には一睡もできなかった。

一晩中、心が揺れ動いていた。臓器になった方がいい、なるべきだと思いながら、死にたくない、もっと生きたいと――しかし生きている価値なんてないし、借金だって返せる見込みもない。買い取ってくれたオーナーのためにも、病気と闘う人のためにも臓器になった方が……でも――。

「思い出してくれたなんて嬉しいな。私もずっと里央くんのことを考えていたよ」

「え……本当ですか？」

「ああ。だから早く抱っこさせてほしい」

嬉しかった。それに安堵《あんど》もしていた。

手を引かれ、三枝の腰を跨《また》ぐようにして膝の上に座り、首に抱きついて優しい匂いをすんすんと嗅ぐ。

「いい匂い……」

（よかった……僕は今日も生きてる……）

「ただの石鹸《せっけん》の匂いだと思うけどね」

「石鹸……そうでしょうか。ドキドキしますし、安心します」

本音なのに、自分の言葉を遠くで聞いているような気分だった。頭に〝臓器〟がこびりついて離れない。

「嬉しいよ。一緒にいない間、おちんちんは大丈夫だった？」

「お風呂でちょっとつらかったけど、三枝さんのことを考えてたら大丈夫でした」

「私のこと？」

「痛いけど、三枝さんに触ってもらうためにきれいにしなくっちゃって」

「……ここにシャワーがあったら、里央くんにそんなつらいことはさせずに私がしてあげられたのにな」

「あ……」

三枝は本当に甘やかすのがうまい。けれど優しくされるとつい調子にのってしまいそうで……そうなったときに、嫌われてしまうのではないかと怖くなる。

（三枝さんが来てくれなくなったら臓器だ……）

そのときはたぶん、予定より早くなるだろう。四か月は残されていない。

「……三枝さんのためにおちんちん洗うの、幸せでした」

そんなことを考えていたせいか、まるで別れの言葉のようになってしまった。しかしそのことに三枝は気付かなかったようだった。

「そうか……じゃあ私のためにきれいにしてくれたおちんちんを見せてくれる？　って言いたいところだけど、今日は寝ようね」

「え？」

「寝不足はよくないから」

「あ、いえ、大丈夫です！　あの、おちんちん見てください」

どうしよう。失敗した。急速に身体が冷えていく。

「ダメだよ。ほら、ベッドにしよう」

三枝は里央の制止も聞かず、ソファをベッドに変えてしまった。ボーイにお金を渡してカーテンも閉めてしまう。

「おいで。実は私も寝不足でね。里央くんのおちんちんがどうにも頭から離れなくて」

「それなら――」

見てください、とスカートを握ろうとした手を掴まれた。ぐいと引かれ、三枝の胸に顔をぶつける。

「わっ」

「抱きしめたまま寝たい」

（ああ……）

なんて優しい人なのだろう。やっぱり神様からのプレゼントだ。でもそれが、余計に人生の

終わりを意識させる。

「一緒に寝よう?」

落ちそうになる涙をこらえ、額を三枝のシャツにこすり付けるように頷く。

「よかった。今日も閉店までいられるから」

ベッドに寝転ぶと、三枝は薄手の毛布を里央の足先から肩までしっかりと掛けた。

「寒くない?」

「大丈夫です」

「じゃあ、暑かったら教えてね」

腕枕。そして空いた方の手は里央の背中へ。包み込まれると、このまま死んでしまいたくなった。そうすればもう、怯えなくて済む。温かい中で人生を終えることができる。

(三枝さん……)

声を聞きたかった。けれど今声を出せば、きっと震えてしまう。泣いたりしたら、優しい三枝は理由を尋ねてくるだろう。でもそうなったら今度こそすべて言ってしまいそうで、決して開かないよう唇を強く噛んだ。


「――ミルクです」

「ありがとう」

（ん……？）

身体に重みを感じない。まぶたを開けると、目の前にはくしゃくしゃのブランケットがあった。ハッとして身体を起こすと三枝が慌てて振り返り、寝かしつけるように里央の背中を優しく撫でた。

「ごめん、起こしちゃったね」

「いえ！　あの、すみません、僕、本当に――」

まさか本当に眠ってしまうなんて。血の気が引く。

「いやいや、いいんだよ。眠ってほしかったんだ。でも飲み物は頼んでおいた方がいいかなと思って」

それは明らかに里央のための注文だった。テーブルの上には茶色とピンクのグラスが並んでいる。

「すみません、本当に……」

もし店長に寝ていたことを知られたら――絶対に臓器だ。きっと明日にでも臓器が欲しい人に声を掛けて、それで……。

「少し顔色が悪いね。風邪じゃないといいんだけど。さあ、横になって」

「あ、いえ、本当に大丈夫です。すみません、あの、三枝さんの抱っこに安心しちゃって」

つい早口になってしまった。本当のことだったけれど、自分でも言い訳のように聞こえる。

「ありがとう。嬉しいよ。さぁ、もう一度抱っこを――」

「いえ、あの、もう寝ません」

「どうして？」

「だって、三枝さんはおちんちんを――」

「うん、まぁ、最初はそうだったけど。里央くんの寝顔すごくかわいかったから、もう一度見せてほしいな」

泣きたかった。泣いて、三枝に抱きついて、すべてぶちまけてしまいたかった。生きたい、でもそんな価値はない、たくさんの人の命がかかっている……そう言って、どうしたらいいか三枝に決めてもらいたかった。でも三枝は優しいから臓器になりなさいとは言えないだろう。だから答えは店長やオーナーに伝えておいてほしい。三枝が決めてくれたら喜んで臓器にだってなるからと――。

唇のかわりに頬の内側を噛む。

「……でも僕、三枝さんにおちんちん見てほしいです」

目には涙も浮かんでいないはずだ。声だって震えていない。ちゃんと言えている。大丈夫。

しかし三枝は何も言わない。

「それに、その……三枝さんにしてもらわないとむずむずして今夜眠れなくなっちゃうから」

いやらしい言い方なんて知らなかった。だから普通に言った。でもそれが逆に本気っぽいな、とまるで自分の言葉ではないかのように考える。

「おちんちん、たくさん見てください」

毛布とブランケットを端に寄せ、スカートをめくる。

今日の下着は紐パンで、ペニスを包む筒状の布がついているだけのもの。陰嚢は隠されずに二つのタマの真ん中を紐がキュッと通っていていやらしい。

「……まるで大人のランジェリーをつけた子どもだね」

三枝の手が陰嚢を掬《すく》った。中身を確かめるように優しく揉まれていると、次第にペニスが起《た》ち上がっていく。

「あっ……」

「少し膨らんできたね。お尻はどうなってるの？」

「ン……見てください」

三枝に背を向け、テーブルに上体を預ける。お尻を突き出すようにすると、三枝が感嘆の息を吐いた。そっと左右に割り開かれる。

「あっ……」

「アナルもピンク色だ」

「ピンク……？」

「そうか、自分では見られないからね。里央くんのお尻の穴はとてもきれいなピンク色だよ。

おっぱいよりも少し濃いかな」

「やっ――！」

知る必要のないことだったけれど、三枝に教えてもらえたことは嬉しいと思う。けれどやっぱり恥ずかしい。

「この下着は汚したら怒られるのかな」

「えっ……それは大丈夫です、けど……」

「じゃあせっかく先っぽも余ってるし、そこに精液を出してみようか」

「え――ひあああああっ！」

突然、アナルに熱くてヌルヌルしたものが触れた。舌だ。三枝がそこを舐めている。

「あっ、あっ、あああっ！」

気持ちいい。しかし一番大事な中心部は紐が邪魔をして、その感触を楽しませてはくれない。

（お尻の穴が汚いから……？）

だから肝心なところには舌が触れないようにしているのだろうか。

「あっ、あんっ、あっ」

キャストはみんな出勤前に必ず洗浄をしている。きっと三枝はそれを知らないから――でもそれを言えば舐めてほしいとねだっているように聞こえてしまうだろう。もし三枝がそこを舐めたくないと思っていたら、嫌なことをねだられると警戒して指名してくれなくなってしまうかもしれない。

そしたら――。

「……里央くん？」

「え？」

突然呼ばれ、振り返る。

「気持ちよくなかったかな。お尻を舐められるのは嫌だった？」

「あっ……」

いやらしく喘ぐのを忘れていた。普段から演技をしていたわけではないけれど、完全に意識を奪われていた。

「ごめんなさい、気持ちよすぎて大きな声が出ちゃいそうで」

一度顔を前に向け、隠れて手の甲に歯形をつけてからさりげなくそれを見せる。

「ああ、そんなことしてはいけないよ。傷がついてしまう」

三枝が眉尻を下げたのを見て罪悪感に襲われた。けれどどうしても、三枝に指名をしてもらえなくなったら……という現実を忘れることができない。

「ごめんなさい……でもお尻を舐められてえっちな声が出ちゃうなんて恥ずかしくて」

「いいんだよ。えっちにさせたくてしてるんだから」

「三枝さん……」

三枝自身は少しも気持ちよくなっていないのに。

「おちんちん、下着にこすれて痛いかな」

「大丈夫です。下着に精液……出したいです」

三枝の優しさに、暗くなりかけていた気持ちが少しだけ浮上する。残された時間は三枝のことだけを考えて過ごしたい。そして最期に目を閉じる時は三枝の顔を思い浮かべながら幸せだったと思いたい。

「じゃあもう一度」

「あっ……ああっ！」

舐められるだけかと思ったのに、今度は穴に舌を差し込まれた。それがさっきまでとは比べ物にならないほど気持ちいい。しかも垂れた下着の余り部分を指でクルクルと回された。その動きが間接的にペニスの皮を刺激し、頭の中が真っ白になる。

「あっ、だめえっ、アアア！　だめっあっ、イくっ、イくっ――！」

アナルに差し込まれた舌を締め付けながら精液を飛ばした。ハァハァと肩で息をしながら激しい快感の波が過ぎるのを待つ。

「あぁ……」

「おちんちん、全然いじってないのに上手に精液を出せたね」

「あっ……」

腕を引かれ、ベッドに寝かされた。それから下着を脱がされ、折り畳んだティッシュの角で皮の窄まりを拭われる。

「アッ」

「ごめん、痛かった？」

三枝が慌てたように里央を見る。

「いえ……大丈夫です」

「おちんちんの中に残っている精液はどうしようか」

「あ……絞り出すのはつらいので、そのままで大丈夫です」

「気持ち悪くないの？」

「もう慣れました」

「そう……」

三枝が眉根を寄せた。もしかしたら今は「おちんちんの中の精液を搾って」と、かわいくおねだりするところだったのかもしれない。

「あの……おちんちん、きれいにしてください」

「拭けてなかったかな？」

「いえ、その……おちんちんのお搾り……」

「つらいだろう？」

「三枝さんがしてくれたら……」

「無理しなくていい」

「っ……」

返された少し強い口調に失敗を悟った。せっかく三枝が気を遣ってくれたのに、それを台無しにしてしまった。〝臓器〟の文字が頭に浮かぶ。

「ご、ごめんなさいっ！」

「いや……怒ってるわけじゃないんだ。ただ自分を大事にしてほしくて——」

そこで三枝は一度言葉を切った。視線を泳がせながら頭を掻く。

「たしかに私はお金を払って里央くんのおちんちんをいじっているよ。でもだからって里央くんは自分の気持ちを無視して私に好き勝手させていいわけじゃない」

「三枝さん……」

「もしかしたら今までの客はそういう人ばかりだったのかもしれないが、私は違うから」

「ごめんなさい……」

「もう謝るのはおしまいだよ」

三枝がにこりと笑った。

どうしてだろう。気に入ってほしいと思っているのにうまくいかない。せっかく優しくしてもらっているのだから……こんなこと、これが最後なのかもしれないのだからその優しさに浸っていたいのに、胸のモヤモヤがどうしても晴れない。

「さあ、もう一度寝ようか」

「え……あの、でも三枝さんは……」

昨日も今日も射精していない。しかし三枝はさっきと同じように里央を抱き込んでしまう。

「私はいいんだよ」

「でも……」

「いつか里央くんのおちんちんが痛みじゃなく快感を拾えるようになったら、そのときは一緒にこすりたいな」

「一緒に……」

「そう。里央くんのおちんちんは小さいから上手にできないかもしれないけど、一緒にしごきたい」

そんな日は、きっと来ない——でも想像するのは自由だ。

里央は三枝と一緒に射精するところを想像しながら、思い切り三枝の匂いを吸い込んだ。

◇　◇　◇

「俺に何ができる?」

本城の言葉に、最上が遠慮のないため息を吐いた。

『意識だけ中学生に戻ったのか？』

本城とてこれが通常の人間関係なら相談なんてしなかった。しかし夜の店のルールは誰かに訊かなければわからない。プライドを捨ててでも里央のことを知りたかった。

「こういう店にはまったことがないから客の立場っていうのがよくわからないんだ。どこまでなら許されるものなんだ？」

『やりたいのか？』

「ちが――」

違ってはいない。が、今はそんなことは考えていない。

今日の里央は明らかに様子がおかしかった。昨日とは表情がまったく違ったのだ。しかしプライベートに踏み込むのはマナー違反だと思うと何も訊くことはできなかった。

『冗談だ。きっと借金のことで悩んでるんだろ。そういうキャストのために客ができることなんて限られてる。可能な限り通え。そして金を落とせ。換金しやすいものを買ってやれ』

やはり金か。しかし普通、指名が入れば店にも喜ばれ、応援されるものではないのだろうか。それとも絶対に逃がすなとプレッシャーをかけられたのか？　とも考えたが、それだけで寝不足になるとは考えにくい。

「やっぱりまだ二回会っただけじゃ、何があったのか訊くのはダメだよな？」

『そんなの二人の関係次第だろ。まぁダメ元で訊いてみてもいいが、はぐらかされるかもな』

たしかにそうだ。しかし今日はせめてゆっくり寝かせてやろうと疲れさせるべく半ば無理矢理射精をさせたが、明日以降はどうしたらいいものか。

『そんなに気になるならお前が本城財閥の御曹司《おんぞうし》だってバラしてみたらどうだ？　金の不安ならわざわざ訊かなくても態度の変化ですぐにわかるぞ』

「それは……」

どこか、それもありかもしれないと思っていた。態度を変えられたら悲しいが、里央を救う財力があることは幸いだった。

『それにしても、本当にはまったな』

「え？」

『一目ぼれか』

「あー……」

それは本城自身も考えたが、一目ぼれとは違うと思っていた。たしかに一目見た時にかわいいと、選んでよかったと思ったが、もう中身を知っている。

食べ物を大切にできる子で、間違ったことはびしっと言える子。けれどペニスは真性包茎で、子どものようでかわいい。甘いものが好きで、遠慮がちなのにいちごミルクを飲むと顔をほころばせる。匂いを嗅ぐのも好きで、たまに息を吐き忘れて涙目になる。そして寝顔は天使のように愛らしい。

そんな里央を守りたい——ただ、まだ知り合ったばかりというだけだ。

『まさかお前がそんなふうになるとはな。どこがよかったんだ？』

どこが——里央のいいところを知っているのは自分だけでいい。どう答えたものかと考えていると、タイミングよく電話の奥で最上を呼ぶ声が聞こえた。

『——おっと、呼び出しだ。悪いな』

「いや、ありがとな」

『今度詳しく聞かせてくれ。あ、プレゼントをするときは贈与税に気を付けろよ。じゃあな』

もう一度礼を言ってから電話を切る。

（借金、か……）

やはり通い詰めるしかないだろう。知り合ったばかりで借金をかわりに返すというのは違うような気がしたし、そもそも里央はそれを受け入れるタイプには見えない。それにプレゼントを換金することだってしないだろう。それなら里央から相談してくれるまでは、何も気付いていないふりをしながら金を落とした方がいい。

しかし、大金を使うならシャンパンやワインが手っ取り早いが里央はまだ十代。本城自身は酒も飲むが、里央との時間は素面《しらふ》で楽しみたい。

（注文だけして残しても里央くんは嫌がるだろうし……）

やはり食べ物か。里央は痩せているので一石二鳥ではある。それに明日以降は毎日里央と食事を取れると考えると、それはそれで素晴らしい気がした。

◇　◇　◇

今日も里央以外の席は精液でぐっしょりと濡れていた。上体を屈め、モップを握る手に力を込めて床を磨く。

(今日は大丈夫。失敗しなかった……)

それに三枝は、忙しくて食事を取れなかったと言ってご飯をたくさん注文してくれた。だから、店長とすれ違っても何も言われずに済んだ。

(おいしかったな……)

初めて食べたフルーツサンドは甘くて、イチゴもたっぷり入っていておいしかった。

(それに三枝さんがあーんってしてくれたし)

口の端についてしまったクリームを指で拭われ、それをぺろりと舐められてしまった時には驚いたけれど、ふわふわしてくすぐったい時間だった。そういえば、あの時だけは臓器のことも忘れていたような気がする。

「里央」

「あ……はい」

背後から呼び掛けてきたのは、ボーイ長の袴田《はかまだ》だった。管理のために店の上の寮に住んでいるので、雑談をしたことはないが付き合いは長い。

「客、ちゃんと繋いでるな。売り上げも今日はすごくよかった。明日以降もこの調子でいけよ」

「えっと、その……」

今日は、偶然だったのだ。里央が頼んだのではなく、三枝が空腹を訴えたから。

「お前は閉店までずっと三枝様だから、フードやドリンクで稼げ。食いきれなくても気にしなくていい」

「そんな……」

里央自身が食べたいと思っているものを自分の意思でお願いするならまだしも、お金のためなんて……今はただ、「はい」と言えばいい。そうとわかっていても声が出なかった。

袴田がため息を吐く。

「売り上げが上がれば生活費の分が相殺《そうさい》されて借金も減るし、そうすれば身請けだってしてもらいやすくなる。たとえ身請けまでは引っ張れなくても、少しでも金が稼げるとわかればオーナーだって考えを変えるかもしれない。十年いるんだ、情だってある」

「……はい」

頷いてはみたものの、自分の命のために三枝に無駄なお金を使わせていいとは思えなかった。

きっと三枝は袴田の言うとおり、オーダーだってねだった分は入れてくれるだろうけれど。

「……俺だってわかってるよ。借金作ったのもここに来たのもお前の意思じゃないし、お前が悪いわけでもないって」

里央にだってわかっていた。袴田は言いたくてこんなことを言ってるわけではない。普段から無口で、怒っているのかと思うような顔つきの人。けれど実際に怒られたことはこれまで……あっただろうか。見た目は真面目で、厳しそう。でも怖い人じゃない。それでもこうして言ってくるのは、本当に〝臓器〟が秒読みに入ったからだ。

「とにかくかわいく甘えてみろ。笑顔で抱きついて、会いたかったたって」

何も言えず、下を向く。

「――あの人は金を持ってるから大丈夫だ」

まるで三枝を知っているみたいな言い方に、思わず顔を上げる。

「え？」

「……見ればわかるだろ。遊び方もわきまえてるし、時計も靴もスーツも全部高級品だった」

「そう……なんですか」

たしかにお金がなければあんなに長時間いてはくれないだろう。しかしだからといって、必要のないお金を使わせていいわけではない。

「とにかく頑張れ。俺は今からお前の今日の売り上げと、三枝様から先の予約まで入ってることをオーナーに伝えてくるから」

袴田は、どうにか死なずに済むようにしようとしてくれているようだった。でもその必死さが生々しくてつらかった。視線を合わせていられず、下を向く。

「――たぶん、今のペースで通ってもらえればすぐに身請け打診の許可は下りると思う」

「え?」

「身請けをしてくれませんかってお前が三枝様に言う許可だよ」

「え……それって僕が言うんですか……?」

「当たり前だろ。店が言ったら人身売買になる。許可が下りたらすぐに三枝様に言え」

わかったな、と言って、袴田は足早にフロアを出ていった。

(そんな……)

まさか自分で言うなんて。けれど考えてみれば、借金のことすら知らない三枝が「身請けをしたい」と言ってくるはずがなかった。

(自分で身請けしてくださいって……)

言えない。言えるはずがない。死への恐怖のあまり言ってしまいたくなることもあるけれど――やっぱり三枝をお金で見ていると思われたくない。それにそれを口にすれば、三枝の返事がどちらだろうと、臓器を待っている人たちを見捨てたことになる。

(でも……)

もっと三枝と一緒にいたい。せめて三枝が飽きて店に来なくなるまでは……。

（けどそれじゃお店は……。言うだけでも、言ってみる……？）

いや、ダメだ。だってとても失礼だ。価値があるものを勧めるならまだしも、自分なんて。

せめて身請け後にお金を返すあてがあればまだいいけれど、それすらない。

それにたとえば三枝が「実は臓器が欲しくて指名していた」と里央に打ち明けたら――自分はそれを受け入れるけれど、きっとひどくショックを受ける。里央が身請けしてほしいと三枝に言うのはそれと同等のことだ。

（でも僕が言わなければ三枝さんは知らないまま……）

それなら、店には三枝に身請けを頼んだことにしてしまおうか。それで、まだ返事をもらえていないことにすれば――そうすれば期限ギリギリまでは三枝と一緒に過ごすことができる。

（いや、ダメだよ、そんなのずるい……）

でも、どうするかを自分で決められると思ったら少し心が楽になった。

（……残りは四か月……）

やっぱり、嘘なんてダメだ。それに三枝に身請けを頼むのも。

店に嘘はつかない。三枝には最後まで楽しんでもらいたい。

一度そう考えたら、それが胸にストンと落ちた。

それでいい。それがいい。

3

店休日以外一日も欠かすことなく通い続けて早二週間。三枝がジャケットを脱いでいると、タタタッと軽い足音が聞こえた。

「三枝さんっ！」

「おっと」

慌てて腕を広げると、里央が胸に飛び込んでくる。その小動物のような身軽さと子どもっぽさがかわいくてたまらない。抱きしめたままソファに腰を下ろし、柔らかな髪を撫でる。

「里央くん、会えて嬉しいよ」

「僕もです。んーっ」

里央が本城の首元に顔を埋めた。相手を確かめる犬のようにすんすんと匂いを嗅ぐ。

「くすぐったいよ」

嗅ぎやすくなるよう顔を背け、柔らかい髪の毛を梳《す》くように撫でる。そうすると里央は鼻を首筋に押し付けたまま本城の膝の上に乗り上げ、上半身をこすり付けながらくっついてくる。

「ほら、ボーイさんがオーダーを待ってるよ」

「あっ！」

売り上げが安定してほっとしたのか、出会った頃は緊張や憂《うれ》いを帯びていることの多かった里央の表情は日に日に明るくなってきた。まだ身体は細いままだが、毎日夕食をここで一緒に取っているのでそのうちふっくらしてくるだろう。

「いちごミルクでいいかな」

「……はい。ありがとうございます」

しかし、まだ遠慮がちだ。本当は店にもたくさんオーダーを入れさせろと言われているだろうに。

けれど言いたいことを言えていないのは本城も同じだった。

(そろそろ本名を……)

いい加減、三枝と呼ばれるのも嫌になっていた。里央には本名で呼んでほしい。それに里央は本城の正体を知っても態度は変えないだろうという自信があった。

しかしなかなか言い出すタイミングを見つけることができずにいた。何より嫌われるのが怖い。いっそのこと里央の方から借金のことを打ち明けてくれれば、本城もすべて話した上で返済だってしてやれるのに……なんてずるいことまで考える。

「食べたいものは？」

里央は首を振り、逃げるように三枝に抱きついた。気にしなくていいと伝えるために頭を撫でながら注文する。

「じゃあいちごミルクとウーロン茶、クラブサンドとフルーツサンド……それからかぼちゃのスープを二つと冷しゃぶサラダ。時間を空けてチョコレートの盛り合わせを持って来てほしい」

「かしこまりました」

頭を下げたボーイに茶色い札を三枚渡す。すぐにカーテンが閉じられ、二人きりの空間になった。肉のない背中を撫でる。

「……すみません」

喜びより恐縮と安堵。こういうところが他の子との違いだ。これまでプライベートで知り合った子たちでさえ、物をねだってくるばかりだったのに。

「ん？　どうして謝るの？　私が里央くんと食べたいんだよ」

甘えるようにグリグリと顔全体を首筋にこすり付けられると、本城のペニスはぐんぐん大きさを変えていく。恥ずかしがる年でもないので里央のしたいようにさせておくと、硬さに気付いた里央が「あっ」と驚いたような声を上げて離れ、顔を赤く染めた。

「あの、三枝さんのおちんちん……」

「里央くんがかわいいことをするから」

「僕のせいですか」

「里央くんのおかげだよ」

軽い言葉遊び。里央が照れ笑いを浮かべながら下を向いた。つられて本城もそちらを見る。自分の勃起より、気になるのは里央のむき出しの足だ。

「今日はショートパンツなんだね」

「はい」

「立ってよく見せて」

里央は恥ずかしそうに頬を掻《か》くと、本城の正面に足を揃えて立った。なぜか両手で裾を下に引っ張る。

「どうしたの？」

「みんな、下からおちんちんやタマタマが見えてたから」

「下着は？」

「今日はなしって」

「そうなんだ。でもデニム生地だからカウパーは染みないね」

「……はい」

里央の両手を取り、ズボンから離す。股下三センチくらいしかないズボンだが、正面から見ても下から覗き込むようにしても、里央の恥ずかしいところは見えなかった。

「里央くん、」

「やっ、恥ずかしい……」

「大丈夫。里央くんのえっちなものは何も見えてないよ」

「え……」

「おちんちんもタマタマもちっちゃくてよかったね」

「見えないですか……」

恥ずかしがってズボンを伸ばそうとしておきながら、残念そうに言うところが愛らしかった。

もう一度確かめるように下からズボンと足の隙間を覗き込む。

「もしかしておちんちんとタマタマ、どこかに置いてきちゃったかな」

「やっ、あ、ありますっ」

「本当に？」

「本当っ」

「じゃあ見せてみて」

隠すことなくニヤニヤしながら見上げると、里央はハッとした顔をし、それからすぐに弾けるように真っ赤になった。

「三枝さんのえっち……」

「そうだよ。私は里央くんのおちんちんにいやらしいことをしに来たんだ」

「おちんちんだけ……？」

「乳首もタマタマも」

「えっち」

里央の嬉しそうな表情に、どうしても頬が緩んでしまう。最初の頃はガチガチに固まっていただけだったのに、今ではころころと表情を変えてくれるようになった。

里央がショートパンツのボタンに手をかけた。たった一つしかないそれは簡単に外れ、十センチの短いファスナーがゆっくりと下ろされていく。

「うん、見えてきた」

「や……恥ずかしい……」

「でもそんな狭いところに押し込んでおいたら痛くなってしまうよ」

「ン……」

ファスナーが最後まで下ろされると、小さな勃起がぷるんと飛び出した。顔を近づけようとした瞬間、失礼しますとカーテンの外から声を掛けられる。

「あっ」

里央が両手で陰部を隠した。片手でもじゅうぶんなのに、と思いながら視線をカーテンに向ける。

「どうぞ」

テーブルが次々と食事で埋まっていく。その間、里央は身体を固くしていた。同僚に見られるのは恥ずかしいのか――カーテンも閉められないまま口淫《こういん》されてアンアンと大きな声で喘いでいるキャストもいるというのに。

（かわいい……）

ボーイが去り、カーテンが閉められたところで里央の小さな手をそっと包む。

「私以外に見せたくないと思ってもらえて嬉しいよ。これからも私以外には見せないでほしい」

「はい」

明るい表情。萎えかけていた小さなペニスがむくむくと顔を上げていく。

「里央くんはおちんちんも素直だね」

「やだ、恥ずかしい……」

「まるで嘘発見器だ」

「え、ぁ、嘘――」

「もちろんつかないと知ってるよ。でも嘘のつもりじゃなくても里央くんはすぐに嫌とかダメとか言ってしまうだろう？」

責めるつもりはなかったので、優しく頬を撫でながら伝える。

「恥ずかしいのに、一生懸命おちんちんを見せてもらえてすごく嬉しいよ」

「だって本当は見てほしいから……」

「わかってる。里央くんは私にえっちなおちんちんをたくさん見ていてほしいんだよね」

里央のペニスがぴょこんと揺れた。返事をする健気なそれに指を伸ばす。

「あっ！」

「先っぽだけだよ」

「……はい」

ここのところ毎日、里央は先端をくすぐられることで射精している。最初はどうして皮への刺激だけでと思っていたが、訊けば先端をつかれたり弾かれたりしたその皮の動きで亀頭が刺激され、射精しているらしかった。

その敏感さを愛おしく思う反面、会う度に中を直接いじりたいという衝動に駆られる。しかしまだたった二週間。ようやく里央が心を開き始めてくれたのだから、ここで強引なことをしてはいけない。

「今日は少し舐めてみてもいいかな」

「え……」

「普段指でしていることを舌でするだけだ。嫌だったら嫌だと言っていいよ」

「嫌じゃ……でもたぶんすぐに出ちゃうから」

「いつも数秒だろう？」

さらりと言うと里央は耳まで赤く染めた。

「っ……でも口でなんて……それに顔にかかっちゃうかも……」

「里央くんが射精を我慢できないのは知っているから。そろそろ精液を飲ませてほしいな」

「っあ！」

里央が目をぎゅっとつぶった瞬間、ピュッと白いものが飛び出した。まさか——しかしスーツのズボンにかかった白濁を指で取ってみると、それは明らかに精液だった。

「ご、ごめんなさいっ！」

「おちんちんの皮を舐められるって想像しただけで出ちゃったの？」

怒るどころか嬉しかった。

しかし里央は泣きそうな顔でテーブルから下りると床に膝をつき、本城のズボンについた白濁に顔を寄せた。

「こらこら。これは私のものだよ」

頭を撫でるようにして制止し、白濁を指で拭って舐めてみる。しかし連日の射精のせいかほとんど味はしなかった。どうやら里央の睾丸《こうがん》はまだ毎日の射精に順応できていないらしい。

「や、なんでっ――」

「飲みたいと言っただろう？　それにおちんちんをペロペロされる想像だけでイっちゃうぐらい敏感だってわかって嬉しいよ」

もじもじと膝をすり寄せる里央の肩を支えてテーブルに戻す。

「里央くんはよく私のことをえっちだと言うけど、里央くんの方がよほどえっちだね」

「う……汚しちゃって……ペロペロもしたいって言ってもらったのにごめんなさい……」

生真面目な子だ。気にする必要なんてないのに。しかしそういうところも魅力の一つだった。

「じゃあかわりにおちんちんのお掃除をさせてもらおうかな」

「え……」

「濡れた先っぽにティッシュをあてるだけだよ」

以前にも一度していたが、その時に怯えているように見えたので、それ以降は一度もしていなかった。けれどかわいい子の世話は何だってしてやりたい。

「……はい」

里央が震える手でペニスを持ち、先端を本城の方に向けた。なんて健気《けなげ》なのだろう。いじられることが苦手なペニスを相手に向けるなんて。

「ああ……ありがとう。よく見える。とてもかわいいよ」

とろみのある液体をまとった先端がいやらしい。普段里央がしているようにティッシュを四つ折りにして、その角をペニスの先端に触れさせる。

「痛いかな」

「大丈夫です」

「少し刺激に慣れてきた？」

「は、はい……少し……」

「よかった。じゃあこのままもう少し頑張ろうね」

はにかみながら里央が言う。

「三枝さんがしてくれたら頑張れます」

その愛らしさに、ペニスを思いっきりいじれない苦しみが吹き飛んでいく。それにこの敏感さだからこそ他人のものにならなかったのだ。

「もっと刺激に慣れたら、先っぽをペロペロさせてね」

「僕、精液出すの我慢できるように頑張ります」

ああ……感嘆の息が漏れる。庇護《ひご》欲を刺激されっぱなしだ。

「我慢なんてしなくていいんだよ。このままでじゅうぶん。さあ、ご飯にしようか」

ガリガリで体力のない里央は、一回の射精でもぐったりとしてしまう。足の間に同じ向きで座らせて身体を支えながら食べさせてやる。

「ん……おいしい」

「よかった」

「三枝さんが抱っこで食べさせてくれるから」

まるで天使だ。あざとさがないところが本城の心を鷲掴《わしづか》みにする。

「いくらでも食べさせてあげるよ。ほら、飲み物も飲もう」

しかし里央は一度振り返ると、まるで何かを確かめるかのように本城の首筋の匂いをスンと嗅いだ。

4

（三枝さん、そろそろ着くかな……）

三枝と知り合ってから一か月。毎日開店から閉店までずっと一緒に過ごし、食べ物のオーダーもたくさん入れてくれるので、店長にはもうずっと怒られていないし臓器の話だって出なくなった。それでも残りの時間は止まることなく減っていく――けれど、これまでの人生で一番満たされていた。もう、このまま終わっても満足だ、と思えるくらい。

まだかな、とそわそわしながら時計を見る。ちょうど開店の時間だ。そう思った時、待機室のドアからひょこりと顔を出した店長が怖い目つきで里央を見た。

「里央、五番テーブル」

「え？」

いつもなら、先に「三枝様ご来店」と言われるのに。

「三枝様、仕事で遅れるらしいからそれまで五番ついて。――レオナ～！　レオナは二番！　ご紹介でレオナ指名ね！」

「はーい！」

ころりと笑顔に変わった店長に、嬉しそうな顔でレオナが返す。態度の違いはもう気にならないけれど――。

（三枝さんが来るまで五番……？）

三枝が遅れるなんて初めてだった。でも三枝だって働いているのだからそういうこともあるだろう。しかしこの先一か月分、先に予約を入れてくれていると聞いていた。

「あの、三枝さんから予約――」

「早く行け」

「わっ……！」

店長に背中をどんと押された。たたらを踏み、転びそうになるのを必死にこらえて顔を上げる。すると、袴田が里央を支えるように肩に触れた。

「大丈夫か。行くぞ」

「は、はいっ……」

どうして――三枝は嘘をつくような人ではない。それとも一週間分と言っていたんだったか……自分に都合のいいように勘違いしていたのだろうか。

「指名だからな、ちゃんとしろよ」

「え、えっ」

指名――？　三枝の予約も気になったが、ここのところ指名なんてまったくなかったのに。

（もしかして本人が来られないかわりに友達を来させてくれたとか……？）

相手が友達であっても三枝以外は嫌――しかし仕事だ。三枝も今仕事を頑張っているのだから、自分も頑張らなくてはならない、と拳を握りしめた時、袴田が里央にだけ聞こえる声で言った。

「あと、オーナーから三枝様への身請けの話をする許可が下りた。今日中に言え」

「えっ――」

尋ねたいことがあったわけではない。しかし思わず袴田を見上げた時、五番テーブルに着いてしまった。何事もなかったかのように、袴田が客に里央を紹介する。

「失礼いたします。里央です」

「よ、よろしくお願いしますっ」

頭を下げながら、どちらにしろ三枝には言わないつもりだったのだ、と思い直した。一度強く目を閉じ、意識を目の前の客に集中させる。

「里央くん、かわいいね」

客は、三枝よりも若かった。二十代後半くらいで、おしゃれな黒縁のメガネをかけている。

「あ、ありがとうございます」

頭を下げると、背後でシャッとカーテンを閉める音が鳴った。振り返ると空間は完全に閉ざされている。

(え、もう……?)

指名といえども初対面の客。普通、カーテンはこんなに早くは引かれないはずなのに。それにお金だって渡されている様子はなかった。

「あのさ」

さっきよりも低い声。慌てて客に向き直る。

「あ、はいっ」

「早く脱いで」

袴田がいるときとはまったく違う声だった。冷たくて、淡々とした早口。視線も鋭《するど》く、まるで怒っているみたい。

（この人、三枝さんの友達じゃない……）

三枝がこんな態度の人を里央のところに寄こすはずがない。

「聞いてる？」

「あ、は、はいっ」

今日はカジュアルデー。細身の長ズボンをゆっくりと脱ぐ。

「いや見せつけるとか焦《じ》らしとかいらないから。早くして」

怖かった。三枝と全然違う。いや、これまでの人もみんなこんな感じで、優しかったのは三枝だけだったような気もする――。

ズボンを脱ぎ捨てると、下半身はCストリングの下着一枚になる。これは横からだとCに見えるというもので、股間に食い込ませて着用する。だから腰に支えてくれる布や紐はない。渡された時は恥ずかしかったけれど、三枝が見たらきっと「えっちだね」と腰骨やお尻を撫でてくれるだろうなとドキドキしながら……なのにまさか先に他の人に見られてしまうなんて。

「早くそれ取って」

「はい……」

色気も何もない。足を開いてそれを外し、少しも勃起しそうにないペニスをさらす。

(三枝さんにしか見せないって約束したのに……)

でも、仕事だ――。

「座って」

「はい……失礼します」

恐怖で声が震えた。でも仕事だからともう一度自分に言い聞かせてテーブルに腰掛け、足を開いて両手を後ろ手につく。

「真性?」

「はい……」

「じゃあ舐めれないな」

真性包茎は不衛生だ。だから普通、こういう店以外ではフェラチオをされることはない、らしい。

――だから、「汚い」とか言われても気にしないように。

店に出るようになる前、袴田に言われた言葉を思い出す。

(三枝さんは汚くないよ、ペロペロしたいって言ってくれたけど……)

「テーブルから下りてお尻こっち向けて」

「えっ、あ、は、はい……」

怖かったが断ることはできない。言われたとおりにすると、頭をテーブルに押し付けられた。

「つぐ……」

「このまま維持」

「はいっ……」

何をされるのかもわからず、恐怖で勝手に身体に力が入る。

(こわ、い……こわ……)

背後でカタンという音が聞こえたと思ったら、アナルに突然何かを突き入れられた。

「うあっ」

「うるさい。力抜いて」

「はいっ……つぐ……ぅ」

細いディルドだった。濡れているので痛みはない。でも恐怖心は消えず、無意識にアナルを締めてしまう。

客は内部のほぐれ具合を確認するようにグチュグチュと数回抜き差しをすると、一気にそれを引き抜いた。

（三枝さんっ……）

三枝に会いたかった。せめて……この人に抱かれてしまうとしても、三枝と繋がってからがよかった。

背後でビニールを破く、ペリッという音が聞こえた。怖い。入れられてしまう。でももう覚悟を決めなければ……そう思った時、客の手が里央のペニスを握った。突然の激痛。挿入されなかったことに安堵する間もなく叫ぶ。

「いあああっ！」

「うるさいよ」

ここのところずっと三枝に優しくしてもらうばかりだったので、なおさら痛みがきつく感じられた。あまりの刺激に目から勝手に涙が落ちる。

「アアアア！」

客は容赦なく里央のペニスを握り、しごくようにして小さなコンドームを被せた。

「あああああああ！」

「トリプルSサイズなんて初めて見たけど、本当に使うちんぽが存在するんだな」

馬鹿にするような言い方だった。何もかもが三枝と違う。三枝が初めてそれを見た時は「指サックみたいでかわいいね」、「いつかこれをはめているところを見せてね」と言って頭を撫でてくれたのに。

刺激が強すぎて硬くなりきることができない。なのにそれを力任せにこすられた。

「アアアアアアア！」

「うるさいよ！」

突然おしぼりを口に押し付けられた。叫んでいたせいで、咥《くわ》えてしまった。

「うぐっ……！　ううう！」

「チッ……起たねえじゃん。つまんねえ」

ようやく客の手がペニスから離れた。終わったのかと思って身体を起こそうとすると、どんと身体を押されてテーブルにつんのめる。

「痛っ……！」

顎《あご》と足の付け根を打った。客が勢いよくカーテンを開けて叫ぶ。

「チェンジ！　もっとちゃんとした子つけて！」

「失礼します！」

飛んできたのは店長だった。腕を引っ張られ、無理矢理隣に立たされる。体勢も整わないうちに後頭部をぐっと押され、強引に頭を下げさせられた。口から落ちたおしぼりが床で広がる。

「申し訳ございませんでした！　すぐに他の子を用意いたします！」

「ちんぽは起たないしケツはきつすぎて全然入りそうにないし！　ちゃんと使える子にして！」

「はい！　すぐに！　来い！」

「痛っ……！」

骨が折れるんじゃないかと思うほど強く手首を握られた。ズボンも下着もはかないまま、フロアの真ん中を歩かされる。

「やっ……やっ……！」

三枝が、他の人には見せたくないと言ってくれた陰部なのに。

「うるさい！」

フロアだからか、小さな声ではあった。しかし店長がものすごく怒っていることは伝わってきた。

従業員用の廊下に出ると、ぐいと腕を前方に投げられて硬い床に強《したた》か膝を打ちつけた。

「痛っ……！」

「お前さ」

「ひっ……」

怖かった。至近距離から見下ろされて身体がすくみ上がる。

「なんでそういつまで経っても仕事ができないんだ!?」

「すみっ……すみませ……」

怖い。怖い怖い怖い。

「謝ったら金が入るのか？　ようやく指名が取れるようになったと思ったのに！」

「すみませんっ……うう……」

「泣いてんじゃねえよ！」

「ごめっ、すみませんっ……」

ここのところ怒られることがなかったから忘れていた。自分はやっぱりダメだった。ちゃんとできているんじゃなくて、ただ三枝がそう見えるようにしてくれていただけだった。

「次はちゃんとやれ」

「え……」

「次だよ！　それでなくても穀潰しなんだから、少しは働け！　お前なんかすぐに臓器だからな！」

「はいっ……」

久しぶりに聞いた〝臓器〟。

怖かった。

けれど、思い返してみれば三枝と知り合う前はこれが普通だったのだ。ただ、里央が忘れていただけで。

◇　◇　◇

仕事が押していて予約の時間に遅れてしまう。必ず行くから、里央くんには席について好きなものを飲み食いしておいてと伝えてほしい――そう電話をしてから一時間。

開店から閉店まで里央指名での予約はしてあるし、前払いもしてあるのだから他の客に……という心配はないが、里央が一人で寂しい思いをしていないか、それればかりが気になっていた。

(不安になったりしていないといいが……)

うぬぼれかもしれないが、里央はよく懐いてくれていると思う。犬のように走り寄ってきては本城にきつく抱きつき、首の匂いを嗅いではしっぽのかわりに小さなペニスを勃起させる。

職場だというのに、思い出すと切ないほどに会いたい気持ちが込み上げる。

室内に携帯の振動音が響いた。自分のものではない。顔を上げると、携帯を耳にあてた秘書が本城を見た。

「社長、アダチホールディングスの安達《あだち》社長がお見えになられているそうです」

「約束はなかっただろう」

自分でも驚くほどきつい言い方になった。

(ダメだな……)

里央に会いたいばかりに余裕がなくなってしまっている。

「——すまない。用件は何と？」

「近くに寄ったのでご挨拶をと」

「この後、外出の予定が入っていると断ってくれ」

「承知いたしました」

しかしふと、里央の顔が頭に浮かんだ。もしあの子だったら何と言っただろうか。困ったような顔をして、それでも「せっかく来てくださったんですからご挨拶だけでも」と言ったかもしれない。

「——待ってくれ。せっかく来てくださったんだ、会おう」

「承知いたしました。では第一応接室にお通しいたします」

本城は頭を切り替えると足早に廊下へ出た。

◇◇◇

三枝じゃないのだろうか。三枝だったらいい——しかし案内されたソファに座っていたのはまたも知らない人だった。

「わあ！　かわいいね！　僕はケンジ。よろしくぅ～」

ケンジは頬と顎の肉を揺らしながらほほ笑み、丸いメガネをかけ直した。

「よろしくお願いします……」

幸いさっきの客よりは穏やかそうだけれど、この人も豹変するかもしれない。早めに脱ごうとズボンに手をかける。しかし怖くて、手が震えた。

「あれ、緊張してる？　超売れっ子なのに初心なんだね」

「え……？」

「いつもは予約でいっぱいって聞いたよ。すごいラッキー。早くかわいいおちんちん見せて」

「……あ、はいっ」

超売れっ子――少し考えて、わかった。店長は三枝の予約と遅刻をいいように使っているのだ。

里央がズボンと下着を脱いでテーブルに座って足を開くと、ケンジはずいと身体を前傾させ、里央の股間に顔を寄せた。

「かわいいふにゃちん〜」

「すみません、すぐに――」

「あ、いいのいいの！　僕ね、ふにゃちんが好きなんだ。だから人気な子ならもうたくさん射精してて、いくらいじっても勃起しないんじゃないかなと思って」

今日何回射精したのと訊かれ、返答に詰まった。一度もしていないと言えば人気があるというのを疑われる気がするし、かといって嘘はつきたくない。

黙っているとケンジはへへっと笑って鼻の下を人差し指でこすった。

「ごめんごめん。他のお客さんの話はダメだよね。あ〜もう、ホントちっちゃくてかわいい。皮はむける？」

ケンジはペニスに夢中で、里央の顔を見ようとはしなかった。そのことに安堵し、静かに息を吐く。

「いえ……むけないんです」

「へえ〜。じゃあ恥ずかしい包茎ちんちん、いろんなお客さんに見せつけて気持ちよくなってるんだ」

三枝に言われていたらきっと勃起していたであろう台詞《せりふ》。けれど今は柔らかいまま。

「おちんちんがちっちゃいから尿道も細そうだね。おしっこしているところが見たいな。今おしっこ出る？」

「え……」

三枝も排尿姿を見てみたいと言っていた。でもまだ三枝にだって見せていない。初めては三枝がいい。でも頑張らないと……少しでも稼がないと、本当に臓器になってしまう。いい加減受け入れないといけないとわかっていながら、どうしても逃れられるものなら逃れたいと思ってしまう。

「……ちょっとだけなら」

「じゃあ出してみて。あ、ちょっと待っててね」

ケンジがボーイを呼んだ。来たのは袴田で、店長ではなかったことにほっとする。

「今から里央くんにおしっこしてもらうからグラスを一つ。あとカーテンを閉めてくれる？」

手渡された茶色い札を見て、袴田が笑顔を作った。

「かしこまりました。お客様、当店には利尿作用のある特別なお茶がございますが」

「そんなのがあるの？　じゃあそれもちょうだい」

「お値段は――」

「ああ、いいよ。いいから持って来て」

「かしこまりました。少々お待ちくださいませ」

頭を下げた時、袴田がちらりと視線だけで里央を見た。

オーダーを入れさせろ――袴田の声が頭の中で聞こえ、視線をそらす。

「そのお茶を飲んだらいっぱいおしっこが出るね」

ケンジは嬉しそうに笑うと、メガネをハンカチで拭き始めた。よりよく見えるようにだろうか――そう思うと口の中にすっぱいものが広がった。

袴田はほんの数分で戻ってきた。空のグラスと、茶色く濁った薬のような臭いのするお茶をテーブルに置いていく。その顔を、里央は怖くて見ることができなかった。

「はい、どうぞ。里央くん、たっぷりおしっこ出してね」

礼を言ってグラスを受け取り、ストローを咥える。

「おいしい？」

「ぁ、や……苦い、です……」

お世辞にもおいしいとは言えなかった。

「まぁ利尿作用って言ってたもんね。残してもいいよ。おしっこさえ出せればいいんだから」

どうやらケンジは優しい人のようだ。ただちょっと趣味が――いや、これが三枝だったらきっと何も思うことなく受け入れただろう。単に里央の気持ちの問題だ。

ダメダメ――内心で首を振る。つい三枝のことを考えてしまうが、これは仕事だ。三枝もケンジも同じ立場。お金を払ってペニスをいじりに来ているお客様。

「……いえ、いただきます」

残すなんてできない。心を無にして一気に飲み干す。

「おしっこ出る？」

さすがにそんなすぐには――と思ったが、緊張か氷で冷えたのか、すぐに尿意を感じ始めた。

「は、はい……」

「じゃあ出してみて！」

ケンジがにこにこしながら里央のペニスにグラスを添えた。

本当にするのだろうか。でもカーテンは引かれているし――何よりもう我慢できない。

「あっ……！」

しょろっと尿が出ると、その勢いでペニスが跳ねた。慌てて手で押さえると、ケンジが笑う。

「元気なおちんちんだね」

恥ずかしい。じょぼじょぼと大きな音を立てて尿がグラスに溜まっていく。ケンジは跳ねた尿がかかってしまいそうなほど近くに顔を寄せ、膨れたペニスの皮を見つめた。

「えっちだね。恥ずかしいのいっぱい出てる」

「んっ……」

「ハァ……すごく気持ちよさそう……」

ケンジは明らかに興奮していた。その様子を見て、後のことが気になり始める。排尿が終わったら何をさせられるのだろう。

尿がポタポタと雫を垂らすだけになった。ケンジがティッシュで皮の狭まりを撫でる。

「アッ……！」

ビクンと身体を跳ねさせた里央を見て、敏感だね、とケンジが笑う。

「ふふ。おしっこしたおちんちん、ちゃんときれいにしてあげるね」

「え？　あ……あ……アアアアア！」

いきなりペニスを根元までパクリと咥えられ、快感と激痛……よくわからない感覚に頭が真っ白になった。そして直後、自分の口から出た獣のような悲鳴に驚く。しかしどうにも制御できなかった。

「あああああああ！」

「ふふふ。いろんなお客さんにイかされすぎて敏感になってるのかな。でもおちんちん勃起しても大丈夫だよ。そのときはちゃんと噛んで柔らかくしてあげるから」

ケンジは言い終えると里央に見せつけるように舌を出し、ペニスをねっとりと舐めた。

「アアアアア！」

根元から先端までたっぷり何度も舐め上げられ、それからチロチロと皮の窄まりを舌先でくすぐられる。

「んあああ！」

それはダメ。だって三枝の愛撫を思い出してしまう。三枝も指でそうやって優しく先端を――。

突然ケンジが口を離した。

「おちんちん、少し硬くなってきちゃったかな」

「あっ、やっ、ごめんなさいっ！　すぐに治るからっ！」

舐められるだけで痛いのに、こんな状態で歯なんて立てられたら――。

「大丈夫、ちょっとだけだから」

「ひぃっ――や、やあああああ！」

たぶんケンジは嘘をつかなかった。ほんの少し、狙って歯を立てただけ。でも里央にとっては言葉にならないほどの激痛だった。

「――――！」

頭が真っ白になり、身体が中心から裂けるのではないかと思った。

「うん、かわいいふにゃちんに戻った。たくさんペロペロちゅっちゅしてあげるね」

「イアアア！」

里央は激痛に涙が零《こぼ》れ落ちるのを感じながら、頭の中の三枝に手を伸ばし続けた。

「遅くなってすまなかったね」

袴田に指示された席に座っていると、三枝が足早にやってきた。膝の震えを感じながら立ち上がり、頭を下げる。

「いえ、お仕事お疲れ様でした」

「ありがとう」

隣に三枝が腰を下ろした。しかし首を傾《かし》げ、心配そうな顔で里央を見つめる。

「どうしたの？」

「え？」

「ほら、おいで」

そう言って膝をたたく。

「あ……」

今までどうしてたっけ――そうだ、いつもだったら会えたのが嬉しくて三枝に飛びつき、首筋の匂いを嗅ぎながらマーキングするように身体をこすり付けていたんだった。

でも今日はどうしてもそうしたいとは思えなかった。

「あの、えっと……お仕事で疲れてるんじゃないかなと思って」

「うん。疲れたから里央くんに癒してほしいな」

「……僕で疲れは取れますか」

触れるのが怖かった。だってついさっきまで他の人に触られてしまっていた。三枝が舐めてくれたアナルには玩具を入れられ、舐めたいと言ってくれていたペニスはしゃぶられてしまった。排尿だって求めてくれたのは三枝の方が早かったのに、他人に先に見せてしまった。

しかし、それらは身請けのことを言わずにおく理由になった。もう、他の人に触られてしまったから。約束を破った自分には身請けをしてもらう権利なんてないから。

でも――。

（生きたいっ……）

もっともっと、たくさん三枝と一緒にいたい。

――でも、たくさんの命が。

（どっちの方が大事か、なんて……）

考えるまでもない。

「里央くんは私の癒しだよ。だからここに来てる」

「……はい」

嬉しいのに、素直に喜ぶことができない。おずおずと手を伸ばし、三枝の首に回す。

「……何かあった？」

「え？」

「元気がないね」

「あ……いえ」

三枝の視線がテーブルに移った。

「ご飯は？　飲み物は？　もしかして何も飲み食いしてない？」

「え？」

「電話で、席について好きに飲み食いしていてって伝えてあったんだけど」

そんなの何も聞いていない。それに、ここに来たのはついさっきだ。けれど三枝の話しぶりから、やはり予約で里央を確保してくれていたのだとわかる。

「いえ……あの、三枝さんと一緒がよかったから」

店を悪く言うことはできない。だって里央がちゃんと稼げていればこんなことにはならなかった。店が、これまでの生活費の分だけでも稼いでほしいと思うのは当然のことだ。

「……そっか。じゃあ何を飲む？　いちごミルクでいいのかな」

「いえ……」

頭ではオーダーを入れるべきだとわかっていた。でも今は何も口に入れたくなかった。心のもやもやと利尿作用のあるお茶の味が、胸に不快感として残っている。

「……そう。じゃあ後でにしよう。おちんちんを見せてくれる？」

「あ……」

そうだ、また忘れていた。三枝はペニスのために来ているのに。

(ダメだ……まったく頭が回ってない……)

さりげなさを装って首を振り、三枝の正面に立ってズボンに手をかける。

「今日は男の子って感じだね」

「は、はい」

ズボンを足から引き抜いたら、Cストリング。三枝は何と言うかな、と思ったけれど、黙ったままだった。そのことが少し寂しくて、なかなか下着を取る気になれなかった。

「――これは？」

ようやく下着を褒《ほ》めてもらえると思った。しかし三枝が見ていたのは陰部よりもっと下――膝だった。そっと触れながら言う。

「これはどうしたの？　怪我してる。それに足が震えてる……？」

「あ、や、あ、それはちょっと今日転んじゃって」

店長に廊下で投げられた時にぶつけたところだった。

「転んだ？　大丈夫？　他に痛いところは？」

三枝が里央の手を取った。指を広げられ、手のひらに傷がないかを確認される。

「いえ、大丈夫です」

「そう……痛かったね」

嬉しかった。いやらしい格好になっているというのに、それよりも怪我に気付いて心配してくれたことが。ガチガチになっていた心が少しほぐれる。

「大丈夫です。ありがとうございます」

「ああ、ほら、座って。歩いていて痛くなかった？」

心配性だ。けれどこんなに心配してもらったのは初めてでくすぐったい。

隣に腰を下ろすと、守るように腰を抱かれた。

「ちょっと。でも大丈夫です」

さっきまではぶつけたことすら忘れていたのに、三枝が心配してくれていると思ったら少しずつ痛みを感じ始めた。

「今日はずっと横になって過ごそうね」

「え？」

「足を曲げていると痛むんじゃない？」

里央はまだ何も答えていないというのに、三枝はてきぱきとソファを広げてシーツを敷いた。

「風邪気味でもあるのかな？　元気もないし、震えてるし……温かくしようね」

里央が促されるままベッドに寝転ぶと、三枝は用意されていた毛布を掛け、それから近くにいたボーイ――また袴田だった――を呼んだ。

「すまない、もっと厚手の布団はあるかな」

「ご用意いたします」

「ありがとう。それからカーテンを」

渡されたお札。お金なんてとても大切なものなのに、三枝はまるでただの紙であるかのように簡単にそれを渡してしまう。けれどカーテンが引かれて二人だけの空間になると、周りからの目がなくなってほっとした。

「今日はくっついていようね。えっちな下着はまた今度見せて」

「けど……」

「それよりも里央くんのことを温めてあげたい」

三枝が里央の身体を布団ごと抱きしめた。温かい。布団もそうだけれど、何より三枝の気持ちが温かかった。

「三枝さん……」

至近距離から見つめ合っていると、カーテンの奥に人の気配を感じた。

「失礼します」

カーテンが開き、厚手の布団が三枝に手渡された。その時袴田の目がちらりと里央を見た。

一瞬だけだったけれど、身請けのことを言え、と言っているような気がした。

「――そちらでよろしいでしょうか」

「ありがとう」

カーテンが閉じられ、また二人きりになる。

三枝は里央の身体に布団を掛けると、さっきと同じように布団ごと抱きしめた。

「暑すぎる？」

「いえ……でも一緒がいいです」

「いるよ？」

「いえ、その……一緒に入ってほしいです」

抱きしめてくれるなら直接がよかった。布団越しだと守られているみたいで安心できるけれど――しかし言ってしまってから、他の人に触れられたことを思い出した。この短時間で忘れてしまうなんて。

「あ、やっぱり――」

「ん？」

三枝はもう布団をまくってしまっていた。今更外から抱きしめてとは言えず、極力触れてしまわないよう身体を丸める。

「身体が冷えてる……一人にしてごめんね」

「いえ……温かい……」

三枝は何も知らないのだ。里央がずっとこの席で三枝が来るのを待っていたと思っている。

(絶対にバレちゃダメ……)

店の信用がなくなれば、きっと三枝はここにはもう二度と来てはくれなくなるだろう。そんなことはあってはならない。会えなくなるのは寂しいし、三枝がいなくなったら……もう誰も里央を指名してくれる人はいなくなってしまう。そうしたら、本当に臓器に――。

「ひぃっ」

喉がひきつるような音が鳴った。

「里央くん？　どうした？」

「あ……や、いえ……すみません……しゃっくりが」

「しゃっくり？　やっぱりまだ寒いかな。心なしか声も嗄《か》れているようだし……たちの悪い風邪とかじゃないといいんだけど」

「いえ！　本当に大丈夫です。すみません……」

人と身体を寄せる仕事をしていながら風邪をひくなんて自己管理がなってない、そんなプロ意識の低い子は嫌だと思われたら――。

「……無理はしないでほしいな」

「大丈夫です。今日ちょっと……叫んじゃって」

「叫んだ？」

「あ……えっと、その、部屋に虫が出て……」

また嘘をついてしまった。もう嫌なのに。どうして――。

「……そう。怖かったね」

言い方から、嘘に気付かれたのだとわかった。けれど三枝は問いただそうとはしなかった。

「メニューにはちみつレモンはあったかな」

「あ……えっと……」

あっただろうか。覚えていない。思い出そうとしていると、三枝がふわりと笑って上体を起こした。テーブルの横に片付けられたメニュー表を開く。

「ああ、あったよ。お腹も空いただろう。何か喉に優しいものを頼もう。何がいい？」

三枝がメニューを里央に向けた。

しかし覚えているのは以前三枝が注文したものくらいだ。見ても読めないので、メニュー表から視線をそらす。

「何もいらないの？」

「はい、大丈夫です。お腹空いてないので」

言いながら、こんなことを店長や袴田に聞かれたらまた怒られるな、と思う。

「ダメだよ。何か食べないと。普段からあまり食べていないんだろう」

「……ありがとうございます」

結局、いつもどおりサンドイッチをお願いした。もうこの身体は他の人に触られてしまったというのに……お金を使わせてしまって申し訳なくなる。

「少し寝てごらん。届いたら起こしてあげる。目を閉じているだけでも違うから」

三枝はどうしてこう優しいのだろう。こんなふうにされると甘えたくなってしまうのに。もうつらいのだと、嘘はつきたくないのだと言ってしまいたくなるのに。

でも本当のことを言えば嫌な思いをさせるだけだ。それに来てくれなくなったら……。

(困る……)

最低だ。三枝のことは大好きなのに、自分を守るために利用しようとしている。

(諦めたはずだったのに……)

三枝に会うまでは、もう自分は臓器としていろんな人の身体の中で生きていくことになるのだと思っていた。穀潰しで迷惑をかけることしかできないのだから、せめて人生の終わりに人を助けるのだと。

でも三枝に会って、生きたいと思ってしまった。もっと三枝と一緒にいたい。

（……なんて……三枝さんが僕に飽きたらもう会うこともなくなるのに……）

結局、時間は限られている。臓器になるのが先か、三枝に飽きられるのが先か――。

生きながらえて三枝と一緒にいる……そんなわがままが叶うには三枝に身請けしてもらう以外に方法はない。しかしそんなことはありえない。だってやっぱり、言えない。せめて他の人に触られていなかったら――いや、どちらにしても身請け代なんて返せないのだから、ダメだ。

「……三枝さん」

「ん？」

「おちんちん……触ってください」

布団の中で下着を外し、ペニスを出す。本当は他人に触られたところなんて触らせたくなかったけれど、残された時間を楽しく過ごすには三枝に嫌われないようにするしかなかった。それに、他の人の感触と温度を塗り替えてほしかった。

「だが体調が――」

「大丈夫です」

手探りで触られれば、たぶん痛い。でも今日はもっと痛い思いを何度もしたから、優しく触れてくれる三枝の手を苦痛に感じることはきっとない。

しかし三枝は腕を動かそうとはしなかった。

「三枝さん」

手を取り、自分の陰部に押し当てる。大切なところに三枝の手が触れている。それだけでこんなにも安心できる。

しかし、やはり三枝は動かなかった。

「……言ったはずだよ。身体は大事にしよう？」

「三枝さんに触っててほしい……」

里央が三枝の手を開いて包ませると、それでようやく欲しかったぬくもりを与えられた。

「……わかった。ごめんね、一人にして」

「……いえ、会えたから……」

三枝は客だ。お客様だから――。

（でも好き……）

目を閉じて、ペニスを包む手のひらの温度に集中する。しかし三枝の手はペニスを離れ、里央の背中に回った。

「寂しい思いをさせてしまったね」

いえ、と首を振る。三枝は仕事だっただけだ。何も悪くない。

「里央くん」

真剣な声に、三枝の胸に手をあてて少しだけ距離を取り、顔を見上げる。

「……はい」

三枝が身体を起こした。里央も倣《なら》い、隣に座る。

「これ」

胸ポケットから取り出された小さなケース。差し出された一枚の紙を受け取る。

「え……っと」

漢字が並んでいる。どうしよう。真ん中に書かれた大きな漢字の上にあるのがひらがなだということだけはわかるけれど。

「……ごめんね」

「え?」

どうして謝られるのかがわからなかった。思わず顔を上げたが、三枝は気まずそうに里央から視線を外していた。

これにはいったい何が書かれているのだろう。

「あ、あの……」

「嫌いになったかな」

「え?」

三枝を嫌いになるようなことが書かれているのか。もしかして自分のことだろうか。嫌いとか、最低とか、使えないやつとか――欲しい臓器の種類だろうか。

（三枝さんも……臓器が欲しかった……？）

それで里央を指名したのだろうか。それでもいいと思っていたはずなのに、胸がツキンツキンと鋭く痛む。

「あの……僕、」

「うん」

けれど、尋ねて認められたらと思うと怖かった。そんなことはないと思いたい……けれど、優しい人だからこそ大切な誰かのために――。

（……こんなに優しくしてもらったんだもん……）

里央が返せるとしたら臓器しかない。

「あの、これってその、ぞう――」

「私の名刺《めいし》だよ」

「え？」

メイシ――なんだろう。

「今まで嘘をついていて、ごめんね」

「え……嘘……？」

「え？」

臓器のことではないらしいとわかり、慌ててもう一度それに視線を落とす。けれどどうやっても読めるわけがなかった。

「……もしかして、読めない？」

「あ――」

バレてしまった。どうしよう。プロフィールには高卒と書かれているのに。どうしよう。どうしよう。どうしよう。焦《あせ》りで一気に体温が上がる。

「……里央くん」

「ッ――」

急に抱き寄せられ、頬を三枝の胸にぶつける。

「本城、だよ」

耳元でささやかれた言葉。意味がわからず三枝を見上げる。

「三枝というのは本当の名前じゃないんだ。ここではあまり私のことを知られたくなくてね、嘘をついていた。ごめんね」

謝らなければいけないのは里央の方なのに。三枝――本城は眉尻を下げた。

「嫌わないでくれたら嬉しいんだけど」

「嫌いになんて……」

なるはずがない。それに、今は臓器を求められていたわけではないとわかってほっとしている方が大きかった。

「よかった……ありがとう。でも、このことは誰にも言わず内緒にしておいてほしいんだ」

「あ……はい。わかりました」

約束、と言って本城が小指を里央のそれに絡めた。しかし、話はこれで終わりではない。

離れても本城の体温を残したままの小指を見つめながら口を開く。

「……あの……ごめんなさい」

「え？」

「その……僕、も、嘘……」

本城が「ああ……」と目を細めた。里央の背中を優しく撫でる。

「字は、まったく読めない？」

里央の方こそ嫌われても仕方のないことをしていたのに、本城の声は普段以上に優しかった。

「えっと……はい」

「そっか……学校には？」

「行ってないです」

「小学校も？」

「はい……」

「……ここには、何歳の時に来たの？」

「九歳です」

「それまでも行ってなかった？」

「はい……」

消えてしまいたかった。本城が名前を偽っていたのとは比べ物にならないような嘘。

「そうか……ああ、じゃあメニューも読めなかったよね。ごめんね」

「いえ！　そんな……」

「順番に読むから、食べたいものがあったら言ってね」

その時、カーテンの外から袴田の声が聞こえた。本城の応答の後、飲み物とサンドイッチをテーブルの上に置いていく。

「失礼しました」

「ああ、ありがとう」

カーテンが閉まるのを待って、本城が里央にほほ笑んだ。

「身体が温まるから。先にはちみつレモンを飲んでおこうね」

本城はふーふーと冷ますと里央の背中を腕で支え、カップを唇に近づけた。

◇　◇　◇

「お疲れ様でした」

帰っていくキャストやボーイに挨拶をしながら、掃除用具入れから雑巾とモップを取り出す。

(今日はいろいろありすぎたな……)

でも思い出したいのはやっぱり本城との時間だ。

今日、里央はほとんど身を起こすことさえ許されず、ずっと本城の腕の中で過ごした。そして小さい声でならかまわないと言われ、何度も「本城さん」とささやくように呼んだ。本当に小さな声だったし用もなく呼んだのに、本城はすべてに頷き、言えなくてごめん、ずっとそう呼んでほしかったと繰り返した。

高卒だと嘘をついていたことも、本城は決して責めなかった。店の方針だろうと言って、つらかったねと背中を撫でてくれた。それどころか、これからひらがなを教えてくれるとまで——きっと、覚える前に里央は臓器になってしまうだろう。それでもいいと思えるくらい、嬉しかった。でもその前に本城の名前だけは書けるようになりたい。だから明日会えたら、最初に「ほんじょう」を教えてくれるよう頼むつもりでいた。

(……あと三か月……)

他の人に身体を触られてしまったことを隠した罪悪感は胸に突き刺さったままだけれど、高卒だと嘘をついていた期間に比べればこれからの時間はずっと短い。それに言ったところで楽になるのは自分だけだし、本城が知れば里央が臓器になった後もこういうお店自体に不信感を抱き続け、二度と楽しめなくなってしまうかもしれない。

（って、言い訳だけど……）

ため息を吐きながら、水の入ったバケツにモップを浸す。テーブルはおしぼりで拭き、精液がこびりついた床はモップで丁寧にこすっていく。

少し離れたところから、粘り気を帯びた声が聞こえた。

「ねえオーナー」

店のナンバー2、レオナだった。ちらりと視線を向けると、甘えるようにオーナーの腕を掴んで揺さぶっている。

「ん？　何？」

「あの子、いつまでいるんですか？」

作られたような怒りの声に、考えずとも自分の話だとわかった。里央が閉店作業をしているのは知っているはずなので、わざと聞かせようとしているのだ。

「最近指名が入ってるからって調子にのりすぎだと思うんです」

「そんなことないと思うけど……」

困らせてごめんなさいと心の中でオーナーに頭を下げる。

「今日なんてフロアに響き渡るくらいの声で叫んでたんです。僕のお客さん、『今日は賑《にぎ》やかだね』なんて言ってたけど、すごく嫌そうな顔してました」

内容は違えど、こういうことを言われるのはいつものことだ。掃除が行き届いていない、食べるのが遅い、存在が邪魔——けれどどれほど言われても、心は慣れることがない。必死に聞こえないふりをして、震える手でモップを動かす。

「あんなんじゃ僕のお客様いなくなっちゃう」

「そんなことないよ。レオナのお客さんはみんなレオナにゾッコンだから大丈夫」

「でも——」

「それよりレオナ、今日もお客様、レオナのことすごく褒めてたって聞いたよ。たくさん射精した後でもちゃんと勃起できて偉かったね」

「オーナー……」

レオナがオーナーを慕っていることは知っていた。きっと今、褒められて顔をとろけさせているに違いない。

「こすられ過ぎておちんちん痛くなってない？」

「ちょっと……」

急にしおらしい声になった。

「赤くなってる？」

「自分では見るのが怖くて……」

「じゃあ見てあげるから——」

その時、バタバタと慌ただしい足音がフロアに響いた。何事かと視線を向けると、オーナーたちのいるカウンターの前で袴田が止まる。

どうやら自分には関係なさそうだ、と意識を床の精液に戻す。

「お話し中にすみません。神宮寺《じんぐうじ》様がオーナーにお話があるとお越しです」

「神宮寺様？　たしか今日初めてのお客様だったよね？」

オーナーの訝《いぶか》しげな声に顔を上げると、レオナが頷くのが見えた。

「来店は――」

オーナーが閉じられた伝票をめくる。

「ご紹介か。レオナ、卓で何かあった？」

紹介で指名――里央が五番テーブルについた時の人か。

「いえ……また指名してくれるって言ってました」

「うん、そうみたいだね――明日も予約入ってる。じゃあクレームとかじゃなくて予約の要望かもね。応接室にお通しして。すぐ行くから。レオナ、ごめんね」

「いえ……」

「話が終わったら部屋に行くよ。お風呂入れてあげるから少し待ってて」

「はい！　じゃあ戻ってます」

嬉しそうな返事の後、足音が近づいてきた。隣を通り過ぎる時に見下すような笑みを向けられる。頭を下げるふりをして俯き、その場をやり過ごす。

すると今度は背後からオーナーに呼ばれた。

「里央」

「……はい」

レオナの言っていた件を謝らなくては——そう思うのに、怖くて目を見ることができなかった。俯いて唇を噛むと、オーナーの優しい声が頭に降った。

「いつも掃除ありがとう。あとでお茶を持ってきてくれる？」

どこにとは言われなかった。やはりオーナーも里央に聞こえているとわかっていた。だからさっき、わざと話題を変えてくれたのだろう。

「わかりました」

気付けば袴田の姿もなく、フロアにはオーナーと二人きりになっていた。次こそレオナが言っていたことを叱《しか》られるのだろう。きゅっと目を閉じて下を向く。しかしオーナーは里央の頭に手をぽんとのせるだけで何も言わずに出ていった。

何人いるかわからなかったので、お茶はとりあえず四人分持って行くことにした。応接室の前でおぼんを落とさないようバランスを取りながら片手を上げる。ノックをするために拳を握った時、中から声が聞こえた。

「——十年で身請けが決まらなければ臓器として売ってくれるんだろう」

切羽詰《せっぱ》まった老爺《ろうや》の声だった。言わんとしている言葉が頭に浮かび、目の前が暗くなっていく。

「……どちらでお聞きに？」

「ここを紹介してくれた知人だよ。最初は半信半疑だったが……さっきキャストが言っていた。そろそろ十年になる子がいると」

「それはおりますが——」

すでに想像はついていたのに、ツキンと鋭いものが胸を貫くような痛みがあった。

「もう時間がないんだ。心臓が欲しい。このとおりだ！　頼む！」

胸は痛みだけを残し、感情を消し去っていく。

オーナーはなんと答えるのだろう。わかりましたと言うのだろうか。三か月くらい早めても問題ありませんと、里央にありがとうと言った口でほほ笑むのだろうか。

（なんかもう、疲れちゃったな……）

ほんの数分前までは、ひらがなを覚えたいなんて考えていたのに。

手にしていたおぼんが急に重く感じられた。無意識に、落とさないようにと手に力が入る。

（……ああ……）

あっちで嫌われて疎まれ、こっちでは臓器としてだけ求められる。それなのに自分はここで、いったい何をしているのだろう。自分の死を望む人のためのお茶を懸命に持って——。

（僕は……どうして生まれてきたんだろう……）

「頼む！　その子の臓器を売ってくれ！　金ならいくらでも払う！　心臓が必要なんだ！」

声がいっそう大きくなった。それほど必死なのだと、胸が痛くなる。

「神宮寺様……ですがまだ十年は経っておりませんので」

「あと数か月なんだろう!?　それならわしがその子の……里央くんの残りの時間を買い取る！」

聞こえてきた自分の名前にめまいがした。もうすぐ十年になる子なんて他にいないとわかっていても、苦しい。

「え？　それはどういう――」

「わしが予約で埋めれば、誰も彼を見初《みそ》めんだろう！」

自分の死を望んでいる人が、このドアの奥にいる――。

でも、求めてくれるのはこの人だけだ。本城は――里央がいなくなれば、また別のキャストと遊ぶだろう。

（お茶……冷めちゃう……）

しかし名前まで出されていて、どういう顔で入ればいいのだろう。でも早く持っていかなければオーナーの顔を潰すことになる。

「神宮寺様――」

困り果てたオーナーの声。

この一年、里央は少しも借金を返せなかった。ようやくここ最近、本城のおかげでほんの少し売り上げを出せた程度。けれど借金返済どころかここに来てからの生活費にも足りないのだ。

しかしそんな里央に、オーナーは優しくしてくれた。

入ろう、と思った。ノックをして中に入り、里央ですと自己紹介をして——それで、三か月も待たなくていいですと言おう。本当はきっと、そんなに待っていられないのだろうから。

拳を振り上げた時、突然後ろから手首を掴まれた。

「わっ！」

振り返ると、ただごとではない形相《ぎょうそう》の袴田がいた。

「来い！」

「えっ？」

ぐい、と強く手首を引っ張られ、四つの湯飲みが派手な音を立てて廊下に落ちた。

「あっ！」

しかし袴田は見向きもせずに走りだす。引っ張られる手首が痛い。足がもつれそうになる。

「急げ！　早く走れ！」

「えっ、あっ！」

背後でドアの開く音が聞こえた。振り返ると、愕然《がくぜん》とした顔のオーナーと視線がぶつかる。

階段を下り、薄暗い倉庫の前を通って裏口に出る。そこから道路に出てもしばらく走らされ、人気のない公園でようやく腕を放された。膝に手をあて呼吸を整える。

「逃げろ！」

「え!?」

「逃げろ！　このままじゃ――」

それで、袴田にもあの話が聞こえていたのだと理解した。いったいどうしてあそこにいたのかはわからないけれど。

「このままじゃ、お前――」

「でも僕っ……」

自分が死ねば――臓器として売られていけば、店への借金や生活費を返すことができる。助かる命だって――それに何より、もう疲れてしまった。毎日精液の掃除をして、本城にお金を使わせる申し訳なさを抱えて。しかもこれからは、他の人に触られたことまで隠していかなくてはならないのだ。それにもう……会えるのは今日が最後かもしれない、明日は来てくれないかもしれないと不安になりながら過ごす夜が嫌だった。

「馬鹿野郎！　死んでいいわけねえだろう！」

「……ありがとうございます。でも僕、もういいんです」

もう、じゅうぶん生きたと思う。いらないとか邪魔とか使えないとか、そんなことを言われながらもよく耐えてきた――そんなふうに褒めてくれる人はいないから。だから最後くらい、自分で褒めたかった。

「いいって……くそ！」

袴田がスーツのポケットから携帯を抜いた。手早く操作して耳にあてる。

「袴田さん!?」

「お前、今日三枝様に言わなかっただろ！　――もしもし、里央のところのボーイの袴田といいます！　すみません、金を貸してください！」

「え、ちょっ、」

いったい誰に電話をしているのだろう。突然電話でお金を貸してほしいなんて。

しかし袴田は里央の制止も聞かずに借金のこと、店のルールのこと、そして里央がもうすぐ十年で、臓器売買の話が進んでいることまで説明してしまった。

「はい、はい――ありがとうございます。よろしくお願いします。失礼します」

「あ、あの……」

「身請け、決まった」

「え……？」

「三枝様が身請けしてくれる」

「え……え、え？」

どうして本城が、とか、どうして袴田の携帯に本城の連絡先が、とか、疑問が頭の中にぽんぽんと浮かんだ。しかし里央の頭が落ち着く前に袴田が言った。

「俺はオーナーに伝えてくる！　お前は部屋に戻って荷造りしとけ！　でも鍵はかけろよ！　俺以外は誰が来ても開けるな！」

「あっ！」

袴田は里央の返事も待たずに店に向かって走りだした。

あまりに突然のことで状況を理解することができない。しかし背後でカサカサという葉っぱのこすれるような音が鳴ると急に怖くなり、袴田の背中を追うようにして店に走った。

◇◇◇

里央の臓器が売られる——到底信じがたい話ではあったが袴田の緊迫した様子からはそれが冗談ではないとわかり、本城は通話を終えるとすぐ店に連絡を入れて車に飛び乗った。

「オーナーの宮部《みやべ》と申します」

通された応接室で向かい合う。里央を殺そうとする人間と慣れ合うつもりはなかったので、差し出された名刺には見向きもせずにテーブルに置いた。

宮部はオーナーという割に若い男だった。年の頃は三十代前半か。北欧《ほくおう》の血が混じっていそうな肌の白さで、長めの髪を後ろで縛っている。オーダーメイドとわかる薄いグレーのスリーピースにはうっすらと白いラインが入っており、さりげないデザインが貫録《かんろく》を醸《かも》し出していた。

名乗りもしない本城に、宮部は窺《うかが》うような視線を向けながら言った。

「――里央の身請けをご希望とのことですが」

「そうだ」

抑えているつもりだったが、声に怒りがにじんだ。

宮部は一つ頷くと、テーブルに置かれたファイルを開いた。

「時期はいつ頃をお考えですか？」

「今すぐだ」

ページをめくっていた宮部がチラ、と空目で本城を見た。しかし何も言わずに視線を戻す。

「――金額ですが」

差し出された書類。長ったらしい文言と数字の羅列《られつ》。最初に目についたのは名前だった。

「里央……本名だったのか」

宮部が曖昧に頷く。

「苗字は？」

「ございません。戸籍《こせき》がなかったので」

どうやら身請けをするということで、情報は解禁されるようだった。宮部が話す。

「あの子は九歳の頃に捨てられました。見つけたのは借金の取り立てに行ったヤクザで、知り合いを通じて私が買い取りました。その時『りお』と名乗ったんです。漢字は私が考えました」

「あの子の勉強はどこまで？」

室内の空気が一瞬でピンと張り詰めた。しかしすぐ、宮部はうなだれるように下を向く。

「……一通りの家事と敬語、時計とお金——簡単な買い物くらいです」

では里央は限られた小さな世界で、同級生と遊ぶこともできず、身体を売る仕事のためだけに生かされてきたというのか。その中で臓器として殺される恐怖と闘ってきたのか。

体内で怒りが煮えたぎる。

「つまり、仕事をさせるのに必要な知識だけということだな。無戸籍でも学校へ行けると知らなかったわけではないだろう？」

わざわざ訊く必要はなかった。しかし自分がしたことを自覚させたかった。

「……はい。おっしゃるとおりです」

「今、彼に戸籍は？　作ったのか」

「……いえ」

臓器売買のためかと問いたかったが、これ以上知れば怒りが爆発しそうだった。

「ではそれはこちらで手続きをする。うちの戸籍に入れてかまわないな」

「もちろんです。よろしくお願いいたします」

宮部は深々と腰を折った。

再び書類に視線を落とす。中央に少し大きな文字で書かれた数字。端数はない。やはり臓器を売る前提で前もって作成されていたのだろう。

「二千万か」

たったこれだけのために里央は殺されるところだったのか。

「……里央の両親が残した借金の相殺と、この約十年の生活費、それから諸経費です」

「現金と小切手──」

「最短での引き渡しをご希望であれば現金で」

小切手の場合は換金後ということか。持って来たアタッシェケースの一つをテーブルにのせ、宮部に向けて蓋《ふた》を開く。

「三千万で買い取ろう」

「身請け金は二千万です」

「ここまで育ててくれた礼だ」

里央の命がかかっているというのに、宮部は淡々としていた。

「いただけません。それは諸経費に含まれております」

ひく気はないようだった。しかし本城がペンを握ると、何かを思いついた様子で宮部が口を開いた。

「──ああ、お待ちください」

「なんだ」

「恐れ入りますが、こちらへのサインは本名でお願いいたします」

知っていたのか。思わず目を見開く。しかしすぐ、我に返った。

「……ああ」

「ありがとうございます。里央はうちの大切な子ですので」

どの口がそれを言うんだ、と言ってやりたかった。しかしここでトラブルを起こして身請けを拒否されてはたまらない。

署名欄を埋めた紙を宮部に突き返す。

「連れて帰る」

宮部はきっかり二千万円分をアタッシェケースから取り出すと蓋を閉めた。

「申し訳ございませんがそれはできません。お引き渡しは三日後になります」

「なぜだ」

「身をきれいにする、という期間です。他の男性にいじられた身体を清め、禁欲をして触られた感触を消すための」

「だが彼は――」

知り合って以降、誰にも触れられてはいないはずだ。本城が来るようになる前までのことはこの際水に流す。

「ルールですので。それに、実際には荷物の片付けなどもありますから」

そう言われると頷くしかなかった。十年も過ごせばみんなとの別れを惜《お》しむ時間も必要だろう。

「……わかった。だがこれでもう彼が売られることはないな？」

「ございません」

「店には？」

「出させません」

「それならいい」

「ではこちらにサインを」

「これは？」

「前払いで頂戴《ちょうだい》していた予約分の返金書類です」

「いらん」

「うちは明朗《めいろう》会計ですので」

「チップだ」

「いただけません」

宮部は頑なだった。しかししっかりと線引きをしているからこそ、これほどマニアックな店でも続けられているのだろう。やっていることは最低だが、最上の店選びは正解だったようだ。

「わかった。ではそれは里央くんに渡してくれ」

宮部が瞠目《どうもく》した。

「……里央に、ですか？」

「身支度金だ。うちに来る前に買いたいものもあるだろう。必要なものはこちらで揃えるし欲しいものは買ってやるが、ここに十年もいたのなら挨拶をしたいと思う人もいるかもしれない」

本城の言葉に宮部が目を細めた。

「ではそれは手紙にしてやってください」

「しかし読めないいんだろう」

宮部は一瞬ハッとした顔を見せた。しかしすぐに視線を伏せる。

「……いくつか読めるひらがなはあるかもしれませんし、読めなければ私が読んで伝えます」

本城は里央に伝えたい言葉を手紙に残し、渡された書類を手に店を出た。

これでもう里央の命が脅《おびや》かされることはないだろう。本当は顔を見てから帰りたかったが時間が時間だ。契約は成立したし、これからは時間を問わずずっと一緒に過ごすことができる。

車に乗り込みアクセルを踏み込む。

里央を家に連れ帰ったらまず何をしようか。しばらく休みを取って一日中身体を撫でて過ごすのもいい。その間に上手に射精することができたらたくさん褒めて、甘いものをたくさん食べさせてやりたい。

（そういえば秘書がうまいケーキ屋があると言っていたな……）

第二の人生……いや、ここからが里央の人生なのだと誕生日のように祝ってやるのもいいかもしれない。

これからは勉強だって教えてやれる。今日は店からの帰りに本屋で絵本やひらがなドリルだって買ったのだ。握りやすいという鉛筆や消しゴムも。しかし一緒に住み始めてすぐに勉強は嫌だろうか――抱っこで絵本を読んでやるくらいならいいかもしれない。

あれもこれも、なんでもしてやりたい。まるで遠足前の子どものように心が弾んでいる。

家も里央が過ごしやすいように――そう思った時、トントン拍子に身請けの話が進んだことに気が付いた。

（……まさに身請けなんだな）

新しい主人の元へ行くのに、本人の意思は関係がない。

だがこれでよかったのだ。もし本人の意思が尊重され、里央が本城の元へ来ることを拒絶したら――そう思うと、本城の意思だけで完結したのはありがたかった。

（絶対に幸せにする）

しかしもし里央に好きな人がいたとしたら。ボーイとできていたら――そしたらきっと監禁してしまう。そんな奴は忘れろと……。

首を振って嫌な思考をかき消し、意識を切り替える。

里央はどれほど荷物を持ってくるだろう。着の身着のままでかまわないが、若い男の子だ。服以外にもいろんな物を持ってくるかもしれない。それに少しでも場所を作っておかなければ、里央は自分の荷物を減らそうとするような気がした。

本城は帰宅するとすぐに空き部屋に入り、荷物が何もないことを確認した。ここにはエアコンがあるだけだが、どうせ収納場所としてしか使わない。里央はずっと本城と共に過ごすのだ。

◇　◇　◇

「里央」

「あっ、はい！」

ノックの後に聞こえた袴田の声。慌てて立ち上がり、解錠してからドアを開ける。袴田はオーナーの後ろに立っていた。

オーナーが言う。

「今、身請けが成立したよ」

「あ……そう、ですか……」

まだ実感が湧かなかった。それに喜んでいいのかもわからない。だって今回の身請けは本城自身が求めてくれたものではない。袴田から事情を聞いて同情してくれただけ。しかもこれからどうやって借金を返していけばいいのか、想像もつかなかった。

黙っていると、袴田が部屋の中を覗き込んだ。

「荷造りは進ん――なんだ？　あのビニール袋」

「あ、あれに服を入れようと思って」

「鞄《かばん》持ってないのか」

「はい」

だって身請けをしてもらえる日が来るなんて思っていなかった。このまま時間が経って自分はここからいなくなり、残された荷物はすべて処分されるものと思っていた。

「しょうがねえな。待ってろ、俺の鞄やるから」

「え……」

「餞別《せんべつ》」

「あ……」

袴田が立ち去ると、ほほ笑みながら話を聞いていたオーナーが茶封筒を差し出した。

「里央、これ。中、確認して」

手に取ってみると、封筒は二つ重なっていた。上の封筒を開けると、三つ折りの紙が二枚。

「これは……？」

「一枚目が里央の借金の詳細。これがうちが里央を買い取った金額で、その下にあるのが里央のこの約十年間の生活費と諸経費。一番下がその合計」

「こんなに……」

ゼロがたくさん並んでいて、いくらなのかわからなかった。買い物があるから万の位までは知っているけれど、ここに書かれているのはそれよりもっとずっとたくさんだった。

(あとでちゃんと数えよう……)

「それで二枚目が、本城様が――」

「えっ」

「ん？」

「あの、今なんて？」

「ん？　二枚目が――」

「じゃなくて、その……」

(内緒って、約束……)

それとも実はみんな知っていたのだろうか。

「ああ、名前のこと？　里央は三枝じゃなくて本城様って知ってるって聞いたよ」

「え？」

「こういう書類は偽名では効果がないし……そもそも本城様はとてもすごい人なんだよ。店が店だからお忍びで遊びたいんだろうと思って偽名でも予約を受け付けたけど、それは本城様がわざわざ名乗らなくても誰かわかるような人だったから」

そんなにすごい人だったのか。

「まぁ、店長あたりは気付いてないと思うけどね」

「あ、そうなんですね」

よかった。では里央が気付かなかったのは、そこまでひどい失礼ではなかったはずだ。

そういえば、袴田にも「三枝様はお金持ちだからオーダーを入れても大丈夫」というようなことを言われた覚えがある。さっきも迷うことなく電話をかけていたし、知っていたのだろう。

「で、それが里央の代わりに本城様が借金を返しましたよって証明書兼、里央の完済証明書」

すごい。本当に――こんなにたくさんのお金を代わりに払ってくれたのか。信じられない。

「それから二つ目の封筒」

慌てて開けてみると、そちらには白い紙が一枚と、茶色いお札が五枚も入っていた。

「これは――」

「本城様からの身支度金と、手紙」

手紙はすべてひらがなで書かれていた。読めないけれど、とてもきれいな字。

「貸してごらん――里央くんへ。このお金は好きに使ってね。友達やお世話になった人にご挨拶でお菓子を買って渡してもいいよ。これからはもうほとんど会えなくなってしまうからちゃんとお別れをしてきてね――気遣いのできる優しい人だね」

「はい……」

だから身請けを決めてくれたのだ。優しい人だから――。

「本城様、嬉しそうだったよ」

「え？」

「でも身支度で引き渡しが三日後って言ったら悲しそうな顔してた。本城様は里央のことが大好きだから大丈夫」

「本当ですか……？」

信じられなかった。何度もかわいいとは言ってもらったけれど、借金はたくさんあるし、自分のことをそこまで思ってもらっているとは信じがたい。

「うん。里央はこれからたくさん幸せになれるよ」

「……はい」

「これまで何人も身請けされていったけど、身支度金なんてくれた人は初めてだよ」

「そうなんですか」

「本当はもっとあったんだよ。でも里央には大金すぎるからって、一部にしてもらった」

これだけでも大金なのに。いったいいくらくれようとしていたのか、考えただけで怖い。

「つまり、それだけ大事にしてもらえてるってこと。だから笑顔で行こうね」

「……はい」

本城の元へ行けるのは嬉しいのに、手紙の内容を思ったら今度は少し切なくなってしまった。

オーナーにも袴田にも、もう会えなくなってしまう。

「あと……もう最後だから。何かしたいことや、してほしいことはある？」

「え」

「なんでもいいよ」

「じゃあ……僕がここに来た日の夜みたいに一緒に寝てほしいです」

遠い昔の、温かい思い出。たった一度だけだったけれど、幸せな夜だった。

「……けどあの、ダメだったら大丈夫です」

子どもっぽいお願いだったかもしれない。でもあの日は本当に安らかな気持ちになったのだ。

驚いた顔をしていたオーナーは、すぐに柔らかな表情を浮かべた。

「ダメなわけないよ。じゃあ明日二十時に部屋においで」

「え、でもその時間はお店が――」

「子どもは二十時。あの時もたしかそれぐらいの時間には寝たはずだよ」

覚えていてくれたなんて。だって少なくとも里央が来てから、そんな子どもがここに来たことはない。だからそういうルールがあるわけではないはずなのに。

「待ってるからね」

里央が頷いた時、オーナーの背後に袴田の姿が見えた。黒くて大きな鞄を渡される。

「ほら。俺の使い古しで悪いけど」

礼を言って受け取ると、二人はまだ仕事があると言って足早に廊下を歩いていった。

一人になった部屋で本城からの手紙を見つめる。

「宝物だ……」

薄い紙一枚。折れないように胸に抱くとへへへと勝手に顔がとろけてしまう。

ここを離れると思うと寂しいけれど、身請けが決まらなければどちらにしろここを出て行くことになっていたのだ。死んでしまったらもう会えないけれど、生きていればきっとまたいつか会うことができる。

(明日、お菓子を買いに行こう)

オーナーと袴田に。店長は……怖いからいいだろう。

鞄と手紙を枕元に置き、布団に入る。

やっぱりまだ信じられない。それに、臓器を待っていた人は――。

(……ううん、考えない)

今日だけは、臓器も指名の有無も気にせずに眠りたかった。

もう身請けは成立したのだ。この身体は本城のものになった。あとは本城にお金を返していくだけだ。

（袴田さんは部屋から出るなって言ってたけど……この紙があるし大丈夫だよね）

本城からの手紙と完済証明書、それからお札を一枚封筒から抜き取って丁寧にたたみ、昔オーナーがおつかい用にと買ってくれたペンギンのポシェットに入れて部屋を出る。

外はもう薄暗かった。本当は朝から買い物に出ようと思っていたけれど、ひどい雨が降り続いていたのだ。しかしそのおかげか店内は空いていた。おつかいの時にはただ見ることしかできなかったお菓子コーナーの前で頭を悩ませる。

（うーん……）

どんなお菓子がいいのだろう。いちごの絵が描かれた箱に、みかんの絵が描かれた袋。チョコレートが間に挟まったクッキーは、キャストが食べているのを見たことがある。

（あ、この棒がついたやつ、かわいい！）

何かはわからないけれど、棚の一番下にあったカラフルな包装が目についた。ぱっと見ただけでも五種類ある。描かれている絵が違うから、味も違うのだろう。

近くにいた店員に尋ねると、飴《あめ》だと言われた。並べて見比べてから水色とピンクと黄色を二本ずつ取ってカゴに入れる。一本五十円だから――。

（えっと……）

二本で百円。二本が三つあるから――指を折っていると、背後に人が立つ気配がした。邪魔かもしれない、と脇によける。

「里央くん？」

呼ばれて振り返ると、見知らぬ老爺が立っていた。

「はい？」

「里央くんだよね」

「そうですけど……」

どこかで会ったことがあっただろうか。なんとなく、声に聞き覚えがあるような気がする。

「よかった。わしはあのお店の客なんだが、とてもかわいくていい子がいると聞いていてね。今度指名させてもらうよ」

「あ……ごめんなさい……僕、もうお店を辞めることになってて」

身請けが決まってからそんなふうに言われるなんて——たぶん昨日店長が営業したのだろう。申し訳なくなる。

「そうなのかい」

老爺が肩を落とした。小柄な身体がさらに小さくなってしまう。

「ごめんなさい」

「いや……じゃあ少しだけおしゃべりをしてもらえないかな」

「え……」

「ほんの少しでいいんだ。飲み物を飲みながら話し相手になってほしい」

仕事はないので時間はある。それにせっかく指名しようと考えてくれていたのだし、ここで会えたのも何かの縁だ。

「じゃあ、これ買ってきてもいいですか」

「買ってあげるよ」

「いえ、これは僕が買いたいんです。お世話になった人に渡したいから」

「この飴を？　飴が好きな人なのかい？」

「え？　あ、わかんないですけど、僕、えっと……」

身請けという言葉は外で使ってはいけないと、小さい頃から言われていた。

「その、知り合いの家に行くんです。だから今までお世話になった人にお菓子を渡そうと思って」

「それでこの飴を？」

「はい」

「——そう」

なぜか老爺は気まずそうな顔で里央から視線をそらした。

「あの……？」

「いや、なんでもないよ。買うのはこれだけかな」

「えっと」

どうしよう。他にも何か買った方がいいだろうか。でもこの人を待たせるのは申し訳ないし……明日また来ればいいか。

「これだけで大丈夫です。じゃあ飲み物コーナーに――」

「え？」

「飲み物を飲みながらお話しするんですよね」

「ああ、いや、それはお店に入るから」

「あ……そうですか。すみません、じゃあレジに行ってきます」

「一緒に行くよ」

あまり時間がないのだろうか。老爺は少しソワソワしているように見えた。歩きながら話す。

「あの……お店ってどこに行くんですか」

「近くの喫茶店だよ。とてもおいしいケーキがある」

「ケーキ？　おじいさん、誕生日なんですか？」

「え？」

「あ、ごめんなさい、おじいさんなんて」

慌てて頭を下げると、老爺は目尻にシワを作った。

「かまわないよ。わしには孫がいるからね」

「へえ……」

孫という言葉を聞いて戸惑った。孫娘、心臓……どうしても〝臓器〟が浮かんでしまう。もう、そうはならないとわかっているのに。

幸いレジが空いていて、話はそのまま流れることになった。おつりと六本の飴を大切にポシェットにしまい、出入り口に向かう。空からは再び雨が降り注いでいた。

「……傘《かさ》持ってきてないや」

「車だから大丈夫。帰りは送ってあげるよ」

「でも――」

「いいから。さあ」

断るのも申し訳ない気がして、老爺がさした真っ黒で大きな傘に二人で入る。雨音も大きくて、なんだか少し怖いくらいの天気。

「さあ、これだ」

車は駐車場の端にとめられていた。店のボーイがキャストの送迎に使っているような大きなそれは、あまり高齢の人が運転するイメージではなかったので少し驚く。

音もなく横に開いたドア。礼を言って乗り込むと、突然後ろから口を塞《ふさ》がれた。わけがわからず、頭の中が真っ白になる。

「んむっ！」

「暴れるな」

知らない男の声だった。引きはがそうとする里央の手を、男の太い腕が強引に掴む。

（なんでっ！）

誰。どうして。それにすごい力だ。片手で身体を拘束《こうそく》されてしまうなんて。

助けを求めるべく隣に乗り込んだ老爺に視線を向ける。しかし目が合った瞬間、気まずそうにそらされてしまった。

「すまない……本当にすまない……」

謝りながら、老爺がチューブのようなものを掴んだ。それで手首と足首をそれぞれきつく縛られてしまい、完全に逃げようがなくなる。

（うそ……）

どうして、なんで――しかし、老爺の「すまない」という言葉。思い当たることがあったので、もうそれほど驚きはしなかった。

「騒ぐなよ」

一瞬口から手が外された。その隙に老爺に早口で問う。

「あの、心臓が欲しいんですか」

しかし老爺は強く握りしめた自分の拳を見つめて「すまない」と一言呟くだけで、里央も手ぬぐいのようなもので口を塞がれ、さらにその上から黒い頭巾《ずきん》のようなものを被せられてしまったので、それ以上話すことはできなくなった。

5

（……おかしい）

宮部は里央の部屋の前で腕時計を睨《にら》んだ。約束の二十時を過ぎたというのに、里央がどこにもいないのだ。

「オーナー！」

袴田がこちらに向かって走ってくる。しかし視線が合うとすぐに首を横に振られた。

「店にもキッチンにも倉庫にもいません！　キャストやボーイにも訊いてみましたが、店内でも誰も見ていないと」

「レオナの部屋は!?」

レオナは里央を敵視していた。袴田も同じことを考えていたらしい。首を振って答える。

「いえ、マスターキーで開けましたがいませんでした。ただ十七時頃、里央が一人で出ていくところを見たという従業員が」

そんなに前か、と目の前が暗くなった。里央は約束を違《たが》えるような子ではない。字は読めないが時計は読めるし――まさか本城に会いに行ったのか。藁《わら》にも縋《すが》る思いで本城の携帯にかける。

『はい』

「お世話になっております。Ｃｌｕｂ Ｄｉｌｅｔｔｏの宮部ですが」

声色《こわいろ》から感じ取ったのか、本城が鋭い声を出した。

『里央くんに何かあったのか』

その言葉で、本城の元に行ったのではないと悟る。

「……もし顔を出したり連絡が入るようなことがあれば――」

『いなくなったのか』

答えられず、つい口を閉ざす。

『いつだ！　いついなくなった!?』

「わかりません。ただ、三時間ほど前に里央が一人で出ていったそうで――」

『彼の携帯の番号は！』

「持っていません」

くそっ！　という声とともに、テーブルを殴るような音が聞こえた。大金を払った直後に逃げられたとなれば苛立《いらだ》つ気持ちは嫌でもわかった。しかし里央は逃げてはいない。そんなことをするような子ではないし、里央は本城を慕っていた。

「里央は本城様の元へ行くのを楽しみにしていました。荷造りも掃除も終わっていて、本城様からの手紙を大切そうに――」

『逃げたなんて思っていない！　親は！　ヤクザは！　臓器売買のブローカーはどこだ！』

「えっ……」

『他に思い当たる相手はいないのか!?　臓器売買のことを知っていて、彼の臓器を欲しがっていたような奴は！　ストーカーは！』

「それは――」

苦渋の選択だった。しかし背に腹は替えられない。隣で電話を聞いていた袴田の腕を掴んで里央の部屋に入り、鍵を閉める。

「そもそも、臓器売買はしていません」

袴田が目を見開いた。電話からは低い声が返ってくる。

『どういうことだ』

「それぐらい脅しておかないと怠惰《たいだ》になるというのが先代からの言葉で」

これは先代と宮部しか知らないことだ。ここに住めるのは十年で、その間に完済もしくは身請けされなければ――というのは無理がある。里央ほど幼い頃に来る子はそういないが、もし八歳未満でここに来れば店に出る前に十年になってしまう。だから気付く人は気付く――という程度の話だった。

『大した先代だな。じゃあ思い当たる相手はいないということか!?　臓器売買を信じている奴も！』

ハッとした。しかしまさか――だって断ったのだ。レオナへの口止めが必要だったので、ひとまず「まだ期限になっていないから」ということで。そして相手もそれで納得していた。

言葉を失い黙っていると、宮部の心を読んだらしい本城が叫ぶように言った。

『今すぐ連絡を取れ！』

電話が切られると手が震えた。里央にもしものことがあったら——必死に携帯を操作しようとすると、ゴツゴツした手がそれを取り上げた。

「神宮寺様ですね」

宮部が頷くと、袴田は鋭い表情で携帯を耳にあてた。

◇　◇　◇

気が付いたら、消毒液の匂いのする部屋に寝かされていた。いつの間にか頭巾も、口の手ぬぐいも外されている。手足は拘束の仕方が変わり、ベッドに大の字にされていた。

「ああ、気が付いたかね」

「おじいさん……」

老爺はベッド横の椅子に座っていた。

白い蛍光灯が室内を明るく照らしている。窓の方を向くと、カーテンの隙間から見える街灯の明かりが時間の経過を示していた。雨の音もしていない。

「気分は悪くないかい」

「はい……あの、ここは？」

老爺は里央から目をそらした。

「……病院だよ」

「……そうですか」

生きているということは、まだ手術は行われていないらしい。ひとまず、知らない間に死んだわけではないことに安堵する。

「……痛くはしないから……眠っている間にすべて終わるから。もうあまり時間はないが……何かしてほしいことはあるかい」

最後のわがままというやつだろうか。嫌な人だったら恨むことができたのに、この老爺からは悪意を感じない。

「……あの、神宮寺さんですよね」

老爺が無言のまま頷く。

「お孫さん……病気なんですか」

「生まれつき心臓が悪かった。それでもゆっくりと大きくなることができたが……ここのところあまりよくない」

こんな状態だというのに、やるせなさを覚えた。店長の言うとおりだ。どんなにお金があっても病気になるし、里央のようにお金がなくても健康な人もいる。

「……そうですか」

「本当にすまない……」

大丈夫です、とも言えず口を閉じる。

「……手足は痛くなっていないかい？」

「それは……大丈夫です」

「よかった」

神宮寺は穏やかに話しながらも、時折腕時計に視線を落とした。焦りを押し殺したような態度から、この人も必死なのだとわかる。

「……わしと孫のこと、知ってたのかい」

「僕の残りの時間を買い取るって話を聞いちゃって」

「……ああ……」

「どうしてですか」

「え？」

「そんなお金があるんだったら身請けをしてしまえば——」

「それも考えたよ。しかし身請けをするためには一定期間指名で店に通わないといけないらしい」

吐き捨てるような言い方だった。

(そんな時間もないんだ……)

里央が、本城に身請けを頼んでいいと言われるまでが一か月。神宮寺は人目があるにもかかわらずスーパーで拉致《らち》した。もうかなりまずい状況なのだろう。

「それに……男の子にもこちらを気に入ってもらわないといけないんだ」

それは初耳だった。でもたとえば本城に出会う前だったら、この人に優しくされれば恋愛感情を持つことはなくても、身請けを望んだように思う。

「それだけじゃない。身請けをした後は定期的に店と連絡を取って元気でいることを証明しないといけないし、それに何より——」

神宮寺は顔を歪《ゆが》めながら続けた。

「こんなことを君に言うのはとても酷《こく》だが……必要な臓器は心臓だけなんだ。むやみに君を殺したいわけじゃない。店を通して正式に買い取ることができれば、残った君の臓器は……」

「無駄なく、たくさんの人を助けられるってことですね」

神宮寺は返事をしなかった。しかしハンカチで目を覆っている。やっぱり悪い人ではない。

(大切な人を亡くさないために必死なんだ……)

里央が拐《さら》われた時、車には運転手と、後部座席から里央を拘束した人の少なくとも二人、神宮寺を手伝う人がいた。見つからないと思っているのかもしれないけれど、もしバレたら逮捕《たいほ》されてしまうのに。それでも二人は神宮寺のために罪を犯した。神宮寺もまたそれほどまでに孫を大切に思っている。ここの人たちはみんなが思い合っている。

（いいなぁ……でも、僕は――……）

目を閉じると、本城の顔が頭に浮かんだ。けれど――。

「あの……今からでも他の臓器が欲しい人を集めることはできませんか」

「何――」

「もったいないから……」

「里央くん……」

「でも、お願いがあるんです」

「なんだね」

「できればお店にお金を払ってください。僕、たくさん借金があるんです」

「……それは君が作ったのかい？」

「親の借金と、これまでの僕の生活費です。僕、お店で全然売れなくて生活費使わせちゃってばかりだったから」

「親の借金を君が返してるのか」

神宮寺が眉根を寄せた。いい人。そんな顔、する必要なんてないのに。

「返せてなかったんです」

でも、本城が身請けをしてくれたことでようやく返せたところだったのだ。けれどここで死ぬのなら、そのお金は無駄になってしまう。

「……わかった。金額はわかるかい？」

「あ——ポシェットに」

「これかな？」

神宮寺がポシェットを掲げて見せた。

「はい、それ——」

しかしハッとする。その紙には本城の名前が書かれていたはずだ。

「あの、その……僕逃げないので片手だけでも外してもらえませんか」

神宮寺はしばし考えるそぶりを見せたけれど、里央の左手の拘束を外した。

礼を言って、宮部にもらった紙を出す。

「えっと……ぜろ、が、いち、に……七個……で、一番左が二です」

「二千万か。他に数字はないかい？」

「はい」

頷くと、神宮寺は里央を拘束し直した。けれどポシェットは顔の隣に置いてくれる。近くから見ると、それはひどく汚れていた。

（ペンギン……洗ってあげればよかったな……）

もっと大事にすればよかった。せっかく買ってもらったのに。

「お金は必ずお店に払う。約束するよ。他には何かあるかい」

「ありがとうございます。あと僕――」

身請けのことを言ってもいいのかどうか悩んだ。けれど考えてみたら、スーパーで知り合いのところに行くと言ってしまっていた。

「……僕が行く予定だった家の人にお金を返してほしいとお店に伝えてくれませんか。あと、ありがとうございましたっていうのも」

本城にはもう会えない……そう思ったら鼻の奥がツンとした。でもそれには気付かなかったふりをする。

「君は……どうして逃げようとしない？」

「僕なんかより、拉致してでも生きててほしいと思ってくれる人がいる人の方が、生きてた方がいいと思うから」

本城が自ら望んだ身請けだったらこんなふうには思わなかっただろう。でも今回本城が身請けを決めてくれたのは、袴田から事情を聞いたからにすぎない。だからお金さえ本城に戻ればそれでいいのだ。

神宮寺は悲痛そうに表情を歪めて口を開いた。しかし何も言わないまま閉じる。

部屋に沈黙が流れた時、ノックの音が聞こえた。カツカツという音を立て、白衣をまとった男性が入ってくる。

「検査をしますので」

神宮寺が腰を上げた。場所を空けて医師と替わる。

「楽にしていてください」

「はい」

最初に聴診器で胸の音を確認され、体温と血圧を測定された。続いて医師が注射器を取り出した時、神宮寺が割って入った。

「ああ、待ってくれ。採血だな?」

「はい」

「左右どちらだい」

「どちらでもかまいませんが……」

医師が困惑の表情を浮かべた。しかし神宮寺は気にもせず里央の肘の内側を数回さすった。

「あの……?」

里央にもわからなかった。しかし神宮寺の返事はない。顔を動かすと、首を傾げる医師と視線がぶつかる。

神宮寺が親指で一か所をぐっと押した。血管の上だ。

「わしが手を離したらすぐにやってくれ」

「あの、何をしてるんですか？」

里央が尋ねると、神宮寺がぽつぽつとつぶやくように言った。

「……孫娘が……小さい時に注射が嫌だとよく泣いてね。じいじ助けてって……ぐっと押してやると感覚が鈍るから」

神宮寺が離れると、医師はすぐに採血を始めた。痛みはほとんど感じない。空の注射器に里央の血が溜まっていく。

「自分にしたことはないから効果はわからないがね。でもじいじのおまじないだって、病院には毎回付き添いをねだられた」

神宮寺の声が震えていて、何も言えなくなった。里央は泣いて注射を嫌がる子どもではない。それでも少しでも痛みがないようにと考えてくれたのだ。

医師も採血が終わると静かに頭を下げ、無言のまま退室していく。部屋には再び神宮寺と二人きりになった。

「……寒くはないかい」

「大丈夫です」

神宮寺は、医師がめくったままにしていった布団を丁寧に直した。

もう人生の終わり……つらいことの方が多い人生ではあったけれど、最期にこんなに優しくしてもらうことができた。

（終わりよければすべてよしってこういうことなのかな……）

痛いとか怖いとか寂しいとか、そんな最期じゃなくてよかった。神宮寺は、きっと死ぬまで里央のことを覚えていてくれるだろう。もしかしたら来年の今日には線香の一本だって——。

「……何か飲むかい。喉が渇《かわ》いただろう。アルコールはダメだが、それ以外なら何でもいいよ」

言われて気付く。緊張のせいか、口の中はカラカラだった。

「じゃあ……いちごミルク……お願いしてもいいですか」

本城に何度も飲ませてもらったいちごミルク。店のは生のいちごを潰して牛乳と混ぜていたので、言葉にならないほどおいしかった。

「わかった。好きなメーカーはあるのかな」

「いえ……何でもいいです」

市販のものなら、何を飲んでも店のものとは違う。でも人生の最期に口にするものがいちごミルクになるのは嬉しかった。

天井を見つめながら、神宮寺が電話で指示をするのを聞く。

手術はいったい何時に始まるのだろうか——検査の結果をわざわざ里央に伝えることはないだろうから、準備が整い次第始まるのだろう。

怖い。

でも、頭の中で「これでよかったんだ」と言い聞かせる。だって、人の役に立てるのだ。お金だって神宮寺が払ってくれるからオーナーたちに迷惑をかけることもない。

「……里央くん。君の話を聞かせてくれないかい」

いつ電話を終えたのか、気付かなかった。神宮寺は里央を見つめていた。

「君がどんな人間で、どんなふうに生きてきたのかを知りたいんだ」

「……面白い話なんてないですよ」

返事はなかったので、記憶を辿《たど》るようにして昔のことを思い出す。最初に頭に浮かんだのは、散らかった狭いアパート。

「両親がいて……でもパチンコが好きでほとんど帰ってこなくて……」

たまに家に置かれていた食パンはパサパサしていて、食べるととても喉が渇いた。夜になると怖くて、でも電気は止まっていて使えなかったので日暮れとともに眠り、朝日とともに起きていた。

「お腹が空いてどうしようもなければ公園に行って葉っぱを食べていました。でも途中から今のお店に引き取られて……掃除とか洗濯とかをして、去年十八歳になったのでキャストとしてお店に出るようになって……でも接客とか上手にできなくて……それで今ここにいます」

話せることはそれだけだった。だってほとんどどうやって過ごしていたのか覚えていない。けれどこうして思い返してみると、店に来てからは電気も使えたし、温かいご飯だって食べさせてもらえた。寒さに耐えかねて拾ってきた新聞紙にくるまって過ごした夜もない。

「――そうだ、今何時ですか」

「今？　二十一時になったところだよ」

「そうですか……」

本当なら、今頃オーナーと一緒に寝ていたはずだった。せめて一日ずれていれば、最期にオーナーに一緒に寝てもらえたのに。

探してくれているだろうか。それとも逃げたと思って怒っているだろうか。でも逃げたんじゃないと、死後でもいいから伝わってほしかった。死んでしまった後のことなんてもう里央には関係ないけれど、それでも――。

「あの、お店に――」

「ああ、お金はちゃんと払っておくよ」

「ありがとうございます。あと僕のお墓なんですけど……」

里央を殺すことに決めたのはこの人のはずなのに、神宮寺は苦しそうな表情で顔を背けた。

でも大事なことだから言っておかなくてはならない。

「お金がないので……それに親戚とかもわからないので、お墓がないんです。だからお金がからない方法で処分してください。燃えるゴミとかでいいんですけど……回収の人がびっくりしちゃうかもしれないから、ちょっと小さくしてもらって」

「……君はどうして受け入れられるんだ」

「え……どうして……って……」

問われると難しい。でもたぶん、どうしようもないからだ。それにずっと子どもの頃から、寮にいられるのは十年だと聞いていた。だからそういうものだと思っていた。それがルールで、そういう約束で生きてきた。

「僕は――」

コンコン。

突然のノックの音に心臓が跳ねる。

「失礼します。神宮寺様、手術についてご説明を」

よかった、まだだ……と、覚悟は決まっていたはずなのに安堵する。でも、その説明が終わったら――。

「ああ。……すまない、少し席を外すよ」

「……はい」

部屋に一人になると、途端に肌寒さを覚えた。これは恐怖心なのだろうか。けれどもうどうあがいても逃げることはできないし、理性が逃げてはいけないと言っていた。

◇　◇　◇

時刻は二十一時過ぎ。店の前で宮部と落ち合ったが、思わしい進展が一つもないことはその表情からすぐにわかった。しかしそれでも確認せずにはいられなかった。

「里央くんから連絡は！」

「いえ、ありま——」

ピピッと軽い電子音が鳴った。宮部が携帯を取り出す。

「本城様……！」

隣から強引に手元を覗き込む。そこにはジングウジタダシゲからの二千万円の入金が通知されていた。

「ジング——神宮寺忠重《ただしげ》!?」

「ご存じですか!?」

「神宮寺グループの先々代だ！」

しかし神宮寺グループは後を継いだ長男が事業に失敗、慌てて代替わりした次男もまた失敗し、この数十年で回復の見込みがないほどまで落ち込んでいた。

（そんな金があるのか……？）

いや、命のためならどうやってでも金を作っただろう。しかも二千万円だ。それくらいの資産は個人でもまだ所有しているだろうし、海外での移植よりはずっと安い。

車に走り寄り、待機させていたSPに命じる。

「今すぐ神宮寺グループの先々代の居場所を探し出せ！」

しかしどうしてこの時間に。これでは犯人だと名乗っているようなものだ。

（もう、手遅れということか……？）

携帯の着信音が鳴った。宮部が携帯を片手に硬い表情で本城を見る。

「神宮寺様からです」

「彼の無事の確認が第一だ。うまく確かめてくれ」

宮部は本城に頷くと携帯を耳にあてた。本城も相手の声を聞くべく耳を寄せる。

「……もしもし」

『お金を振り込んだ』

「……入金は確認いたしましたが、これはいったい何のお金でしょうか」

『里央くんの借金だよ』

聞き覚えのある声。やはり間違ってはいなかった。

この男が、本城の里央を攫《さら》った。

◇　◇　◇

コンコン。

嫌な音だな、と思った。でももう、たぶんこれで最後だ。二度とこの音を聞くことはないだろう。エコーや心電図というものも終わった。きっとこれ以上の検査はない。

入ってきたのは医師と二人の男性看護師だった。

「失礼します。そろそろ手術室に」

神宮寺がハッとした顔で里央を見た。くしゃりと歪ませ、泣きそうな顔をする。

医師が里央の枕元に立った。

「さあ、行きましょう」

「……はい」

縛られたまままみんなにベッドを押され、廊下に出る。

神宮寺は里央の隣を歩いた。

「……里央くん……本当にすまない」

「お孫さん、元気になるといいですね」

しわくちゃになった神宮寺の顔から涙が落ちた。しかし慌てたように血管の浮いた手で目元をこする。

「すまない。わしは泣いていい立場ではないのに」

「いえ……ありがとうございます」

心配しての涙ではないけれど、自分のことを思いながら泣いてくれる人がいた。それが罪悪感からであっても嬉しかった。

「では神宮寺様はこちらでお待ちください」

ベッドが止まった。無言で神宮寺が唇を噛む。しかしすぐ、医師を睨むように見て言った。

「わしも入る」

神宮寺が言い切ると医師は目を見開いた。

「ですが――」

「ダメだ！　この子の世話はわしがする。最期までわしがする！」

「……わかりました」

神宮寺はほっとした様子で里央を見た。ほほ笑みを浮かべて里央の手を握り、一緒に手術室に入る。

「では、服を脱がせてください」

「ああ」

手術室のベッドに移されると、神宮寺に服をすべて脱がされた。こんなときなのに、小さなペニスを恥ずかしく思う。

「すまない、寒いね」

しかし神宮寺は陰部を見ようとはしなかった。近くにあった大きな白いタオルを膝から肩まで掛けてくれる。

「……里央くん」

「あの、お孫さん、たくさん大事にしてあげてください」

神宮寺の目から涙が落ちた。真っ赤な目で何度も頷く。

「――神宮寺様、」

「わかってる！」

医師の呼び掛けに神宮寺が声を上げた。しかし、里央の手を握る手は優しい。

何か言わないと。そう思うのに言葉が出ない。神宮寺も同じだったのか、医師に肩を支えられながら手術室を出て行った。

室内がしんとなった。そこに、しばらくしてからベッドが運ばれてくる。神宮寺の孫娘だろう。

緊張で吐きそうな里央に医師が言った。

「全身麻酔だから眠っている間に終わるよ」

これで本当に死ぬのだと思ったら、喉がカラカラに渇いた。

「あの、その前に一口お水を――」

「ごめんね。全身麻酔のときは飲ませてあげることができないんだ」

「……そうですか」

医師の手が里央の頬に触れた。

「こんなこと何の慰めにもならないが……次に生まれ変わるときは必ず幸せになるんだよ」

なり方なんて知らないけれど――。

「……はい」

腕に針を刺された。そこから冷たい液体が入ってきたと思ったら、ゆっくりと意識が遠のいた。

(みんな……ありがとうございました……本城、さん……)

6

神宮寺系列の病院が先日廃院した。その情報は、本城財閥の製薬会社からもたらされた。

赤信号で車が止まる度に苛立ちながら、本城は今できること、すべきことを考え続けた。

(そろそろ最上は着いているはずだ……)

廃病院が候補に挙がった瞬間に、本城は最上に電話を掛けていた。場所は最上の家の方が近く、幸い非番だった彼はすぐに向かうと言ってくれた。

(里央くん……)

手術にさえ間に合えば、最上の手を煩わせることなく連れ帰ることができる――。

車がスピードを落とした。

「着きました!」

運転手の声を聞いた瞬間に車から飛び降りる。

そこは最近まで診療していたとはまるで思えない、廃墟のような建物だった。しかし駐車場の隅には黒塗りのワンボックスが停まっており、院内に人がいることは明らかだった。

入り口のところに、先着していた最上がいた。

「本城! 患者はどこだ!」

「中にいるはずだ!」

最上とSPを連れ、宮部と共に先頭を走る。後ろから最上が叫んだ。

「本城、大田原《おおたわら》に連絡を入れておいた！　ここならあいつのところが一番近い！」

大田原は最上と同期の外科医で、大田原総合病院の跡取り息子。本城も何度か会ったことがあった。気のいいタイプだし融通《ゆうずう》も利かせてもらえるだろうから、診てもらうには最適だった。

足を止めずに声を張り上げる。

「今、大田原は病院にいるのか！」

「待機させてる！」

それ以上話すことはなかった。里央の名前を呼びながら院内を探す。

「里央くん！」

「里央！」

地響きのような音を立てながら階段を下りて地下に入ると、廊下に膝をつき、祈りを捧げている老人がいた。しかし本城たちの存在に気付くと小柄な身体を広げて立ち塞がる。

「やめてくれ！　邪魔しないでくれ！　頼む！」

SPの一人が本城の横を走り抜けた。

「ここは私が！　行ってください！」

「ああ！」

廊下の先には手術室の赤いライトが光っていた。関係者以外立ち入り禁止と書かれたドアを躊躇《ちゅうちょ》なく押し開けると、ピーという高音が本城の頭を貫いた。

一瞬、頭が真っ白になった。

「何だ！　君たちは！」

男の声に、意識が戻った。室内に駆け込む。

手術台が二つ、離れたところにあった。医師や看護師がいるのは片方だけ。誰もいない方に横たわっているのは里央だった。身体にはタオルを掛けられている。機械は繋がっていない。

（……間に合わなかった……のか……）

身体から力が抜けていく。しかし諦めきれず、ライトに照らされた白い身体に走り寄る。

「……里央くん、里央！　里央！」

「待て！　本城！」

背後から本城を呼ぶ音は聞こえていた。しかし止まれなかった。

「里央！」

力の抜けた華奢な身体を掻き抱く。触れた肌にぬくもりを感じた。胸に抱いた顔を見下ろす。

「里央、くん……？」

はらりとめくれたタオル。そこに傷はなかった。

「本城！」

肩をぐいと引かれた。思わず腕に力を入れ、奪われまいと再度里央をきつく抱く。

「おい、落ち着け！　大丈夫だ！　確認させろ！」

そこでようやく、相手が最上だったことに気付く。もう一度「大丈夫だから」と言われ、里央の脈を確認する最上の手を凝視する。

「最上――」

「もう少し待て。だが大丈夫だ。ちゃんと脈はある」

「……申し訳……ありませんでした」

突然聞こえてきた、震えた声に振り返る。隣の台に寝ていた少女だった。

「私の……せいで……」

手術は始まっているのではなかったのか。そういえば誰もメスを握っていない。血の臭いもない。

「おじいさまには私から話します……本当に申し訳ありません」

弱々しいながらもしっかりとした意思を感じさせる声だった。レシピエントである少女は、この移植を望んでいなかったのだ。ということは、今回のことは神宮寺の暴走だったのだろう。

彼女は悪くない――しかしわかってはいても複雑だった。視線を里央に戻す。

最上が言った。

「本城、動かしても大丈夫だ。すぐ病院に連れて行くぞ」

一つ頷き、里央にジャケットを掛けて抱き上げる。

手術室を出ると、神宮寺は本城のSP二人に取り押さえられていた。

一瞥《いちべつ》するだけで先を急ぐ。しかしすぐ、背後から弱々しい叫び声が聞こえた。

「頼むっ！　待ってくれっ！　孫がっ……孫の手術がっ……！」

「あんたの孫はこの手術を望んでいなかった」

本城の背後で、嗚咽《おえつ》が鳴り響いた。


外に飛び出すと、本城所有のミニバンがドアを開けて停まっていた。乗り込みながら叫ぶ。

「大田原総合病院へ！　急いでくれ！」

続いて乗り込んだ最上が里央の手首を握った。

ドアが閉まるのも待たずに車が動きだす。

「本城、おそらく麻酔から覚めきれていないだけだ」

「言い切れるのか！」

もう里央を取り返したのだと思っても、焦る気持ちはなくならなかった。これほど慌ただしくしていても里央はピクリとも動かない。胸はしっかりと動いていて呼吸はできているように思うが、専門的なことはわからない。

「通常、全身麻酔は自発呼吸ができなくなるから呼吸の管理も必要なんだ。しかし気管挿管はされていなかった。たぶん、一度目が覚めた後にもう一度眠ったんだろう」

しかし里央が何をされたのか――本当に麻酔で眠らされただけだったのかの確認が取れるまでは安心することなどできなかった。

車のスピードが落ち、やがて止まった。苛立ちながらフロントガラスを覗くと信号が赤く光っている。

(くそ!)

不用意にスピードを出して警察に止められるわけにはいかない。それに事故にでも遭えば里央が――わかってはいてももどかしい。

目を開けてほしいと願いを込めながら頬を撫でていると、左隣で電子音が鳴った。

最上が応答する。

「はい。――それで?」

最上がちらりと里央を見て、それから視線を本城に移した。

(誰だ?)

「わかりました。はい」

通話が終わった。いったい何があったのか――視線を送り続けていると最上が苦笑した。

「そんな目で見るな。お前のSPだよ。薬の詳細がわかったって。この子――」

「里央だ」

被せるように言うと、最上が再び苦笑する。

「やはり、俺たちが着いた時には手術を中止するつもりで麻酔の投与はやめていたらしい。まだ麻酔を引きずっているだけだ。きっとすぐ目を覚ますよ」

「そうか……」

よかった。里央をきつく抱き直した時、最上がまだ本城を見ていることに気が付いた。

「どうした」

「いや……」

気になったが、今は里央のことだけを考えるべく視線をフロントガラスの奥に向けた。


大田原は搬入口で待っていた。ストレッチャーを押しながら、口早に最上が説明する。

「傷はない！　心電図も何も繋がっていなかった」

「酸素マスクは？」

「なかった」

ガラガラガラと廊下にキャスターの音が響く。処置室に入ると、すぐに脳波と心電図のモニターが付けられた。本城だけが外に出るように言われ、廊下に立つ。

（里央くん……）

里央の身体に傷は見当たらなかった。ずっと眠らされていたのか、傷がつかないような拘具を使われたのか……しかし神宮寺からは二千万円が振り込まれていた。つまり会話をしていたはずなのだ。

(俺のところに来たいとは思わなかったのか……)

苛立ちに近い焦りをもてあましていると、処置室から最上が姿を現した。考えるより先に体が動く。

「おい――」

「わかってる、大丈夫だ。まだ目は覚めてないが、少なくとも頭を打っているようなことはなさそうだ。膝に青あざはあったが今日できたものじゃない。それ以外に怪我はなかった」

最上に促され、後に続いて処置室に入る。すぐに大田原が説明を始めた。しかし最上と同じ内容だった。

「とにかく様子を見ましょう。全身を診ても特に異常は見られません。やはり麻酔の影響という線が濃厚です。しばらくゆっくり寝かせてあげましょう」

視界の端にパジャマを持った看護師が映った。里央の分だと言うので、礼を言って受け取り着せていく。

本城の隣で看護師が声を震わせた。

「怖かったね……もう怖くないからね」

しかし里央は反応しない。どうして目が覚めないのだろう。二人の話だと、もう目が覚めてもおかしくはないはずなのに。麻酔が残っている――でも一度目が覚めているというのなら、こう騒がしくては起きるものなのではないのだろうか。

（くそ……）

自分にもっと医学的知識があれば。医者二人が様子見でいいと言っているのだからそれが正しいとわかっていても、自分で判断できないことが悔しい。

里央の着替えを終えると、病室に移ることになった。ＩＣＵでもない……やはり、里央は大丈夫なのだ。

風呂や簡易キッチン付きの特別室。本城も一緒に寝られる大きさのベッドがあることに安堵する。

「何かあればすぐにナースコールを押してください」

「ありがとう」

大田原が出ていくと、最上が片手を上げた。

「じゃあ、俺は帰るよ」

「ああ。助かった。ありがとう。家まで送らせるよ。車は後で届けておくから」

しかし最上はさっきの病院まで送ってくれればいいと言って、廊下にいた顔馴染みのＳＰと共に帰っていった。

部屋に里央と二人きりになったところで宮部の存在を思い出す。すっかり忘れて置いてきてしまったが――まぁ、自分でどうにかするだろう。

とにかく里央が目を覚ましてくれれば、他のことなどどうでもよかった。

きっとすぐに目が覚める。そう思っていたのに、二日が経っても里央は目を覚まさなかった。こらえようのない焦りが本城の心を侵食していく。

「どういうことなんだ」

詰め寄る本城に、大田原は俯いて拳を握った。再検査でも異常は見られなかったのだ。

「やっぱり何か変な薬でも――」

「いいえ、通常の全身麻酔に使われる薬だったそうです。分量も正常で、一度は覚醒《かくせい》したと」

「それは俺も聞いた。だがそれは本当なのか？」

「レシピエントはずっと移植を拒否していたそうですから。医師たちも、もしかしたら中止になるかもしれないと」

本城の頭に、横たわる少女の姿が思い出された。力のある目。本当は生きたいだろうに――。

「寝たら死ぬ、という最悪な経験をしてしまったからかもしれません。一度はそれを受け入れて眠ったのに目が覚めて、また眠ってしまって……もしかしたら里央くんは寝たら死ぬという恐怖を二度経験してしまったのかもしれません」

とにかく信じて待つしかありませんと言って、大田原は静かに部屋を出て行った。

（寝たら死ぬ、を二度も……）

麻酔から覚めた時に状況を掴めていなかったのなら、ありうる話だった。いったいどれほどの恐怖だっただろう。早く安心させてやりたい。もうそんな思いはしないのだと教えてやりたい。

寝息さえ聞こえてこない部屋で、静かに眠る里央を見つめる。

「里央くん。もう、里央くんは私のものになったんだよ」

今日は引き渡しの日。二十四時を回った時から、里央は完全に本城だけのものになった。それからもう十二時間が経っている。

「……絵本を読もうか」

ひらがなを教えると約束した日に買った、ひらがなだけで書かれた仕掛け絵本を開く。

「これはふわふわもりにすむ、ふわふわなどうぶつたちの、かくれんぼのおはなしです」

ちら、と里央を見る。反応はない。

「あそこにいるのはだれでしょう」

厚紙が描かれた紙からしっぽが飛び出している。それをめくると、里央によく似た真ん丸の目をしたリスがこちらを見ているのだ。

「里央くん、動物がかくれんぼしているよ。このしっぽを見て誰かわかるかな」

反応はない。けれどきっと聞こえてはいるはずだ。

先を続けようとした時、ノックの音が鳴った。ドアを開けに行く。来客は宮部と袴田だった。

「里央の様子はいかがですか」

宮部の問いに首を振る。

「そうですか……先生からは起きるのが怖いのだろうと聞きましたが」

「改めて検査をしたが異常は見られなかった。ストレスだろうと……自分は死んだと思っているのかもしれないらしい」

「そんな……」

「声を掛けてやってくれ」

本当は他人を頼るのは嫌だった。しかしもし里央が恐怖故に眠っているのなら、少しでも早く目を覚まさせてやりたい。

本城がベッドに近づくと、宮部と袴田は反対側から里央の顔を覗き込んだ。

「里央、そろそろ起きる時間だよ」

しかし、反応はなかった。宮部がトントンと軽く里央の肩をたたく。

その様子を黙って見ていた袴田が、突然本城に向き直って腰を折った。

「申し訳ありません。里央が目を覚まさないのは私のせいかもしれません」

「――どういうことだ」

宮部が困惑の表情で袴田と本城を交互に見る。しかし袴田は本城から目をそらさなかった。

「本城様のご予約が入っていながら、他のお客様の指名を取りました」

「は？　なに、どういうこと？　いつ？」

宮部が詰め寄ると、それでようやく袴田が視線を移した。

「本城様が遅く来られた日です」

「詳しく話せ」

本城が命じると、袴田は里央を二人の客につけたと言った。

「最初のお客様は里央に満足せず、すぐにチェンジになりました。次のお客様は里央の排尿を観察したいと言い、私は利尿作用のあるお茶のオーダーを入れさせました」

信じられなかった。少なくとも袴田は店に忠実なように見えたし、何より里央を大切にしていると思っていた。

「なんで……それは袴田くんの意思で？　指名だなんて、そんなこと売上表には書いてなかったけど」

「……店長がいじったんだと思います」

「ああ……」

宮部が顔を手で覆った。「なんてこと……」と小声で呟く。しかしすぐ背筋を伸ばし、袴田と共に本城に向けて頭を下げた。

「大変申し訳ございません」

「……謝る相手が違うだろう」

本城とて到底許せない行為だった。怒りが胸に渦を巻いている。しかし、それよりも後悔の方が大きかった。

(あの時様子がおかしかったのはそういうことだったのか……)

いつもなら飛びついてくる里央が、あの日はなぜか本城から距離を置こうとしていた。身体も震えて、膝にあざまで作って。

しかし抱きしめても何も言ってもらえず、それが本城は悔しくて悲しくて、胸襟を開いてもらうきっかけとして本名を告げたのだが——里央は本城を頼ろうとはしなかった。そしてそういう子だとわかっていたはずなのに、本城も問い詰めるまでのことはしなかった。

きっと里央からすればそんなつらいことがあった日に突然詐称を告げられ、ただただ混乱したことだろう。

なのに、ひらがなを教えると言う本城に嬉しそうに笑って——。

(最低だ……)

しかし里央は、本城を責めるような子ではない。むしろ他の人に触らせたと自分を責めているような気がする。

「くそっ……」

どうして。どうして自分は——。

謝りたい。気付いてやれなかったこと、助けるのが遅くなったことを心から謝りたい。里央の頬に触れる。大切だ、好きだと言いながら苦しみを少しも――そうだ、里央が臓器売買の恐怖と闘っていたことにだって気付いてやれなかったのだ。

「……本城様」

宮部だった。しかし返事をする気にはなれない。黙っていると、勝手に言葉を続けた。

「大変申し訳ございませんでした。詳細は店に戻り、店長に話を聞いてからになりますが」

そこで言いにくそうに言葉を切った。中途半端な言葉など不要だと睨《ね》めつける。しかし宮部はひるまなかった。

「里央の身請けはキャンセルでも――」

続いた言葉に怒りが爆発した。

「この子は俺のものだ！」

もしかしたら、里央は嫌だと言うかもしれない。わかってくれなかった、助けてくれなかった本城など嫌だと。しかしそれでも手放すことなどできなかった。

「今日が引き渡し日だ。だから来たんだろう？　もう彼のことで口出しはさせない」

きっぱりと言うと、宮部はしばし黙ったまま本城を見つめた。それから自分を納得させるように数回顎を引いた。

「わかりました。契約は成立しております。里央をどうか……どうかよろしくお願いいたします」

宮部は長いこと頭を下げ続けていた。きっと彼の中にもいろんな後悔があるのだろう。しかし、時を戻すことは誰にもできない。

「当たり前だ。この子は俺のものだからな」

本城が言い切ると、宮部は「店長の件はまたご連絡いたします」と言って袴田と共に病室を出て行った。

腹の底から数回息を吐く。怒声など、決して里央に聞かせたくはなかったのに。

ベッド横の椅子に腰を下ろす。

「ごめんね、驚かせたかな」

里央は何も答えない。

「……身体を起こそうか」

ベッドに上がり、点滴に気を付けながら里央を膝の上に対面の形で座らせる。意識がないというのに、小さな身体は簡単にされるがままになった。

「ほら、これ、よくした体勢だね。覚えてるかな」

里央の腰と頭を抱え、きつく抱く。

「里央くん……」

他の男に触らせてしまった後悔。けれど当然里央を汚いと思うことなどない。里央への愛情は変わらないどころかさらに大きくなったように思う。

「もう二度と、こんなつらい思いはさせないからね……」

焦りが苦しい。今日こそ。明日こそ。そう思いながら、もう一週間も病室で過ごしていた。

「彼はいつ目を覚ますんだ……」

大田原が視線を本城から里央に移した。

「寝返りや寝言、いびきはないんですよね？」

「何もない。ずっと見ているがピクリとも動かない」

「では褥瘡《じょくそう》に気を付けてこまめな体位変換を――」

「それはずっとしてる」

「それを続けてあげてください。水分や栄養は点滴で入れてますから、排泄《はいせつ》にも気を付けて」

「わかってる」

他人に里央の世話をさせるつもりは毛頭なかった。また様子を見に来ると言う大田原を見送り、里央の小さな手を握る。

「里央くん、早く起きてごらん」

あの大きな目でこちらを見てほしい。いくらでも抱っこするから、また子犬のように本城の首筋の匂いをクンクンと嗅いでほしい。

「里央くん、目を覚まして一緒におうちに帰ろう？」

早く里央を独り占めして安心したい。

「起きても怖いことは何もないんだよ」

もうすべて終わった。

「里央くん、愛してる」

頬を撫でる。しかし里央はピクリとも動かない。

「もう怖い思いはさせないよ。ずっと一緒にいようね」

退院後は会社にも連れて行くつもりだった。同席させられない会議の時間などはドリルや塗り絵、絵本を渡しておけば退屈はしないだろう。昼食は二人きりの部屋で膝の上で食べさせてやりたい。とろとろに甘やかして、自分は本城の腕の中で過ごすために生まれてきたのだと本心から思わせてやりたい。

「里央くん」

ベッドに入り、身体が痛くならないよう横向きにさせて背中や尻をさする。しかしそれでも里央は目を覚まさない。

「里央くん、戻っておいで」

身体の位置をずらし、口を閉じて眠る里央の鼻に自身の首筋をこすり付ける。あれほど大好きと言ってくれた本城の匂い。しかし、やはり反応はない。

「……絵本を読もうか。里央くんはどんなお話が好きなのかな。起きて教えてほしいな」

結局その日も、里央が目を覚ますことはなかった。

7

温かい……それにいい匂いがする。

ぽん、ぽん……背中を優しくたたかれている……いったいどうして——。

自分は何もしていないのに。寝ているだけなのに。もう終わりを迎えたはずなのに——。

今から手術が始まるのだろうか——けれど、自分の身体は座っている……。

「いいお天気だよ」

男の人の声。

「……里央くん……早く目を覚ましてくれ……」

本城さんだ……大好きな本城さんの声——夢の中にまで会いに来てくれたのか……でも泣きそうな声に聞こえる。

(本城、さん……)

「里央くん？　里央くん！」

身体を動かされている。どこかに寝かされた。

「里央くん！」

重いまぶたを上げる。目の前に本城がいた。里央を見る目が赤い——どうしてだろう……。

「ああ……里央くん……」

「ほん……ぼ、く……」

　声がかすれていた。

「里央くん……ああ……よかった……十日も眠っていたんだよ」

（十日……ここは……？）

　視線だけで室内を見る。どうやらベッドの上にいるらしい。

「……ぼく、生きてる……？」

「ああ。里央くんはちゃんと私の腕の中にいるよ」

　本城に頬を撫でられると、徐々に思考がクリアになってきた。いろんなことが思い出される。

「僕……ぞうき……」

　本城が首を振る。抱き起こされ、膝の上に座らされた。身体をがっちりと支えられる。

「それはね、してなかったんだって。臓器売買は嘘だったんだって」

「え……？」

「だから、里央くんはもうあんな怖い思いはしないから。里央くんはこれからずっと私と二人で生きていくんだよ」

「本城さんと……」

「ああ。里央くんはもう私のものだ」

　ぼうっとした頭で必死に考える。本城、身請け、臓器……。

「……でもそれなら……身請けは……」

「――私はね、里央くんのことが大好きなんだよ。もっと早く身請け制度のことを知っていたら、その時点で申し込んでいた」

「え……」

「ずっと里央くんを独占したかった。だからお店だって前もって予約を入れておいたんだ。臓器売買があったかどうかなんて関係ない」

「あ……本当に……？」

「もう誰にも邪魔はさせない。愛してる。里央くん」

本城の顔が近づいてくる。目を閉じると、額に柔らかいものが触れた。抱き寄せられて首筋に顔をうずめると大好きな匂い。

（生きてる……）

しかも本城が一緒にいてくれていた。今もぎゅっと抱きしめてくれている。もう二度と味わえないと思っていた本城の抱っこ。

「本城さん……」

「……うん……うん」

本城の声が揺れ、身体が小刻みに震えていた。どうにか止めたくて、今までたくさんしてもらっていたように抱きしめる。けれどあまり力が入らない。

「里央くん……愛してる。ずっと一緒にいようね。いてくれる？」

「本城さん……」

生きている実感。愛してるの言葉。

「僕も……僕も本城さんと……一緒にいたい……」

後頭部を支えながら身体を離された。でもすぐ近く。真っ赤な目と見つめ合う。

泣いているかと思ったのに、本城は泣いてはいなかった。けれど今にも泣きそうに見えた。

「もう離さないよ。里央くんが嫌がっても離さない」

嬉しすぎて目を閉じると、ポタポタと涙が落ちた。目を開けると、さっきよりも近くに本城の顔があって思わずまぶたを伏せる。

本城の唇が里央の目元や頬をこすった。左右どちらもそうやって優しく拭われると安心して、また次々と涙が落ちてしまう。

「本城さんっ」

抱きつくと、まるで目が壊れたみたいに涙が止まらなくなった。鼻水も流れ、声も勝手にわあわあと出てしまう。本城はぎゅっと里央の身体を抱きしめ、背中を撫で続けてくれた。

里央が落ち着くと、本城は担当医だという男を部屋に呼んだ。けれど本城は「離れたくないから」と言って、里央を抱いたままにした。

「本城さんの友達の大田原です。よろしくね」

「友達……あの、お世話になります……いえ、ずっとお世話になってて、すみません」

初対面のつもりだったけれど、本城は里央が十日も眠っていたと言っていた。たくさん迷惑をかけただろう。

「全然。実は僕は何もしてないんだよね。体調の確認はしてたけど、ちょっと触るだけでも後ろの狼さんが吠《ほ》えてさ」

「え？」

何のことかわからなかった。首を傾げると、本城が「早く診察を」と低い声を出す。

大田原が苦笑しながら首にかけた聴診器を耳にはめた。それを見てドキリとする。けれど本城が抱っこをしてくれていたので、怖いとは思わずに診察を受けることができた。

「うん、血圧も胸の音も大丈夫。ずっと眠っていたからまずはお水から口にしてみようか」

「はい」

大田原は里央が水を飲むのを見ると満足げに頷き、また後で様子を見に来ると言って早々に部屋を出て行った。

「お腹は空いてないかな」

「はい」

食欲はない。本城の体温に包まれて、それだけで心も体も満たされている。

幸せ。

けれど徐々に気持ちが落ち着いてくると、幸せなだけではいられなくなった。

(臓器売買は嘘だったたって言ってたけど……)

たぶん、本城がそう言うのだから嘘だったのだろう。現に里央は今も生きている。

しかし、里央は本城以外の人に触られてしまった。もしそれを知られれば、繰り返された「愛してる」の言葉や優しいキスもすべてなかったことにされるだろう。

隠し続けてしまいたい。けれどそれはしてはならないことだ。

「里央くん？　少し疲れたかな。横になろうか」

「あ……いえ、大丈夫です」

(どうしよう――)

時間が経てば経つほど言いにくくなる。でもどうやって切り出したらいいのだろう……。

最初から核心に触れることはできそうになかった。

「あの」

「ん？」

「えっと、ペンギンのポシェット、知りませんか」

「ああ、それなら引き出しに入ってるよ」

「そうですか……すみません」

よかった。あれには大切なものがたくさん入っている。けれど心は落ち着かない。

早く他の人に触られてしまったことを言わないといけないとわかっているのに——。

「……あの……どうして僕、ここに？」

「オーナーさんから里央くんがいなくなったって電話が来てね。それで居場所を探して迎えに行ったんだよ」

「そうだったんですか……すみませんでした」

「里央くんが謝ることじゃないよ」

それについては、頷くこともできなかった。

「……あの、女の子、いませんでしたか？　どうなりましたか？」

「ああ……うん。あの子はね、移植を希望してなかったんだ」

「え……」

「誰かの命を奪ってまで生きたいとは……なかなか思えないよね。私たちが着いた時には手術は中止になっていたんだよ」

「そうだったんですか……」

「だから里央くんが気にすることは何もないんだ。最初から、里央くんは臓器提供なんてすることはなかったんだよ」

でも、神宮寺はきっとショックを受けているだろう。あんなに優しくしてもらったのに……

心苦しくなる。

「……里央くん。たしかに世の中には臓器を求めている人がたくさんいるよ。でもね、私はそういう人たちと同じくらい里央くんに生きててほしいと思ってる」

「あ……」

「だから、もう身体を差し出そうなんて考えないで。まあ、どちらにしても本当にそんなことはしていなかったんだから、しようがないけどね」

ほほ笑まれると、罪悪感はあるのにほっとする。今回あの子の手術ができなかったのは仕方のないことだったんだ、と思えそうな気がする。

「あと里央くん。……あの日、お店に行くのが遅くなってごめんね」

「え……？」

心臓が強くドクンと鳴った。

「袴田くんが謝ってきた。謝る相手は私じゃなくて里央くんなんだけど。……つらい思いをさせてしまってごめんね」

「あ……あ……」

知られてしまった。知られていた。もしかしたら、本城は里央から謝るのを待っていたのかもしれない。

「里央くん。あの日、気付けなくて本当にごめんね。もう決して他の人になんて触らせないから……どうか許してほしい」

「あ……そんな、」

許すとか許さないとか、そもそも本城は何も悪くない。

「里央くん。もし許してもらえるのなら恋人になってほしい」

「……え？」

まばたきさえ忘れた。数拍置いてから思い出したようにパチパチと繰り返す。

「里央くんのことを愛してる。恋人になってほしい」

「あ……え、え、え……」

「年が離れすぎてる？　里央くんにとってはおじさんすぎるかな」

「やっ、そんなんじゃ……でも僕……」

字も読めない。世の中のことも何も知らない。それどころか本城に二千万円も借りている。

「うん？」

「でも僕、何も持ってないのに……」

「え？」

「好きって言ってもらえるようなこと……それに、借金だって」

ただ本城に迷惑をかけ、甘やかしてもらっているだけだ。

「借金？　お店以外にもある？」

「え、いえ、身請け金が――」

里央が言いかけただけで本城は肩を落とした。深いため息。

「……まだそんなことを言ってるのか」

「え……？」

「里央くんにはもう借金なんてないだろう？　私が返したんだから」

「その……だから、本城さんに」

「里央くんにお金を貸した覚えはないよ。好きな子の代わりに借金を返した。それだけだ」

「あ……」

「お金のことはすべて忘れてほしい。ただ里央くんの気持ちが知りたい」

いいのだろうか。甘えてしまっても。

「……あの、本当に？　その、僕のこと……」

「全部が好きだよ。今の里央くんが丸ごと好きだ。愛してる。里央くんの不安がなくなるまで何度でも言うよ。愛してる。大好きだよ、里央くん」

「ぁ……ぼく、も……」

まさかこんな日が来るなんて思っていなかった。あまりにも信じられず、声がうまく音にならない。

「す、き……」

しかし一度言えたら、もう止まらなかった。好きという気持ちが胸にあふれ出す。

「好き……僕、本城さんが好きです」

言った瞬間、唇を塞がれた。優しくついばむようなキスを何度も繰り返される。

(すごい……)

気持ちいい。安心する。大好きな人の唇の感触。

「本城さんっ」

「怜司だよ」

「え?」

「名前。呼んでほしいな」

「怜司、さん……」

なんだかふわふわする。

「里央くんのことは私が幸せにする。新しい生活に慣れるまでは大変かもしれないが、小さな幸せをひとつひとつ大切にしていける家庭を作ろう」

「家庭……?」

「もう私たちは家族になったんだよ」

「家族……」

「そう。退院したら、二人きりの家に帰るんだ」

二人の家……おうち……そんな言葉を、どこかで聞いたような気がする。でも頭にもやがかかっているみたいでうまく思い出すことができない。

「怜司さん……」

大好き、愛してる。本城は何度も何度も数えきれないくらい繰り返し、里央の身体をきつく抱きしめた。

本物だ。本物の本城だ。顔を見ると、これが本当なんだ、現実なんだ、と思った。


まぶたが重い。眠い。たくさん甘やかされて、心がぽかぽかしているからだろうか。手を繋いだり、抱きしめられたりして身体が温まっているからだろうか。

「んぅ……」

「ああ、眠くなってきたね。ゆっくりおやすみ」

「ん……」

本城が里央の頭を撫でる手を止めてリクライニングを倒した。もう一度抱き込まれ、大好きな腕の中で目を閉じる。

しかしその瞬間、頭の中に手術室のライトが浮かんだ。

「――ッ！」

身体が硬くなり、カハッと変な咳が出た。

「里央くん!?」

「あ……あ……」

肩を押すようにして身体を離された。それで本城の顔を見て、ここが手術室ではないことを認識する。

「あ……すみません、寝ぼけたみたいで」

ドッドッドッドと心臓が音を立てている。鼓動が速すぎて息が苦しい。気持ちを落ち着けるように深呼吸を繰り返していると、本城が突然リクライニングを起こした。

「抱っこで寝よう」

「え?」

腕を引かれ、今日ずっとしていたように本城の太ももの上に対面で座らされる。上体が本城にぺたりとくっつくと、一気に呼吸が楽になった。

「これなら寝られるかな」

本城の気遣い。でももう目が覚めてしまった。眠れそうにない。それなら負担をかけているより、起きてしまった方がいい。

「すみません、目が覚めてしまったので」

「じゃあ絵本を読もう」

本城がベッド横の棚から本を取った。表紙には動物が描かれている。

「里央くんが寝ている間にも読んでたんだ」

覚えはなかった。しかし読み進められると、なんとなく聞き覚えがあるような気もしてくる。

「くまさんがはちみつをさがしています――里央くん、はちみつを探してあげて」

「これかな――あれ、違う……」

子ども向けの絵本だ。けれどとても面白い。それに本城は里央が正解を見つける度に大げさに褒め、頭を撫で、額にキスをしてくれた。

「次の本はどれにしようか――あ、眠くなってきたかな」

「ん……」

二冊も読んでもらうと、穏やかな声に誘われて眠くなってしまった。けれどどうしても、目を閉じるのが怖い。

「やっぱり抱っこで寝よう」

リクライニングが倒された。腕を引かれ、今度は本城の身体の上でうつ伏せにさせられる。

「苦しい？」

「いえ、でも重いんじゃ」

「全然」

息をする度に入ってくる本城の匂い。うつ伏せであることも、頭を撫でられていることも、背中に温かい布団がかけられていることもあの時とは違う。ここは手術室ではない。もう大丈夫になったのだ――。
しかしそれでも、何度も嫌な夢を見た。
――次に生まれ変わるときは必ず幸せになるんだよ。
医師はそう言って、里央が眠る度に冷たくて怖い麻酔をかけた。

8

里央の顔色は日に日に悪くなっていった。眠そうなのに目を閉じるのを怖がり、寝てもすぐにうなされたり悲鳴を上げたりして起きてしまう。食欲もなく、栄養もほとんど取れていない。

「やはりトラウマになっているようだ。もう三日も寝ていない」

大田原が深刻な顔で頷く。

「ええ……」

「今すぐ退院させたい」

このままここにいても里央のストレスは増えていく一方のように思えてならなかった。里央にとって病院は医師のいる場所でしかない。そしてその医師のイメージは――。

「そうですね……では、何かあればすぐに連絡をいただける、という約束の上でなら」

「もちろんだ。こちらだってそうさせてほしい」

「ただ、今日はさすがに時間が厳しいです。明日の午前中にしましょう」

できれば今夜から家で寝かせたかったが仕方ない。もう二十一時を回っている。本城にも無理を言っている自覚はあった。

大田原と別れ、通話可能エリアに入る。里央は本城のものなのだから報告をする必要はなかったが、宮部にだけは退院を知らせておく。

通話を終えて病室に戻ると、里央は絵本を眺めていた。

「里央くん、ただいま。明日退院してもいいって」

「え——本当ですか？」

閉じられたのは動物の仕掛け絵本だった。もうすべて覚えてしまっているだろうに。

「うん。おうちに帰ったら二人で思いっきりいちゃいちゃしようね」

喜んでくれるかと思ったのに、里央は顔を曇《くも》らせた。

「あの、入院費用って——」

「それは神宮寺とオーナーさんが出してるから大丈夫」

金の心配などしなくていい。里央はこれまで命がけで悩んできたのだ。それに本城とて里央を苦しめた張本人になど払わせたくなかったが、どうしてもと言われて折れたのだ。早々に忘れたい。

「でもそんな……」

「いいんだよ。それより楽しいことを考えよう？」

しかし、里央はベッドの上で居住まいを正した。

「……あの、すみません、僕、怜司さんにちゃんとお礼も言ってなくて。身請けをしてくださってありがとうございました。身支度金もありがとうございました」

まだそんなことを気にしていたのか、と寂しくなった。しかし本城が求めていたのはまさにそういう子だった。謙虚で控えめで――けれど、今はもっと恋人として堂々としてほしいと思っている。だが、性格はなかなか変わらないだろう。

「私としては、身請けをしたっていうより好きな子の借金を払っただけなんだけどね。そんなことより、しばらくは仕事も休みだから楽しいことをいっぱいしよう。出掛けたり、おいしいものを食べたり」

満たされずに生きてきた子だ。極力〝普通〟を教えてやりたい。

「……あの、本当に僕は本城さんの家でお世話になってもいいんでしょうか」

「それはちょっと違うな」

「あ……じゃあ僕、どこに？」

「もちろんうちだよ。でも『お世話になる』んじゃなくて、一緒に生活するんだよ。恋人として同棲《どうせい》する。でも家族だから、同居とも言うかな。邪魔者のいない二人暮らしだ」

頭を撫でると、里央は犬のように目を輝かせた。しかしすぐ、しょんぼりと眉尻を下げる。

「最後にオーナーたちに挨拶したいなって思ってたんですけど……」

「ああ、それなら――」

言いかけた時、ノックの音が響いた。思わず舌を打ちそうになるのをこらえ、応対する。

入ってきたのはやはり宮部だった。

「こんばんは」

「えっ……オーナー⁉　なんで……」

目をぱちぱちさせながら、里央が視線を宮部から本城に移した。

「……約束してたって聞いたから」

本当は許しがたかった。しかし里央が最後に宮部と一緒に寝ることを希望していた、と先ほど電話で聞いたのだ。

「さっき、明日退院するって本城様から電話をいただいてね。帰宅先はうちじゃなく本城様のおうちになるから、約束を果たしに来たよ」

「あ……もしかして一緒に寝るって――」

「うん」

宮部がベッドに近づいた。苛立ちを落ち着かせるために里央の手を握る。

「里央くん。最後だからね」

思わず、「最後」に力が入ってしまった。しかし里央は気付かなかったようで、本城に「ありがとうございます」ととろけるような笑顔を見せた。

「……里央……ごめんね」

「え？」

「臓器売買のことも、店長のことも」

「あ……」

里央の手に力が入った。ほぐすように甲を撫で、肩を抱き寄せる。

「怒っていいんだよ」

本城が言うと、里央は首を振って宮部に頭を下げた。

「オーナー。十年間お世話になりました」

（ああ……）

なんていい子なのだろう。宮部はろくに子育てをしなかったようだが、里央はちゃんといい子に育った。

「俺も、里央との時間は楽しかったよ」

感極まったのか、宮部の声が震えていた。それをごまかすように笑みを作り、布団をまくる。里央が場所を作るべく本城の方に身体を寄せた。宮部が寝転び、川の字になる。

「……へへ」

とろけるような笑顔。宮部がこの表情を引き出したのかと思うと嫉妬《しっと》の炎が燃え上がる。しかし里央は本城を見て、それから宮部を見て、もう一度「へへ」と嬉しそうに笑った。

「フルーツサンドみたい」

「それは里央がフルーツってこと？」

「たしかに里央くんは甘いから、フルーツだね」

店長のことがあったので、もしかしたら店のことは思い出したくないかもしれないと思っていた。しかしフルーツサンドはいつも本城と共に食べていたものだ。

「家に帰ったら、一緒にフルーツサンドを作ろうか」

「いいんですか？」

反応がよかった。これなら食べることができるかもしれないと期待する。

「いちごをたくさん買おう。他には何がいいかな」

「バナナも好きです」と里央が言うと、宮部が「それならチョコクリームにしたらいいよ」と言う。他にもりんごやメロンはどうかとかオレンジはすっぱいだとか、里央は楽しそうに話した。けれど、次第に夜は更《ふ》けていく。

「里央、そろそろねんねの時間だよ」

「……ぁ……」

里央の顔が沈む。しかし宮部が里央の胸をトントンとたたくと、少しだけ表情が緩んだ。

「おやすみなさい」

「うん、おやすみ。ちゃんと一晩、ここにいるからね」

「はい」

硬い笑みをほぐすべく頬を撫でる。

「おやすみ。起きたらおはようって言おうね」

里央はなかなか目を閉じなかったが、本城と宮部の腕を抱くとゆっくりと眠りの世界に落ちていった。

◇　◇　◇

「お世話になりました」

　本当だったら店で言うはずだった言葉。病院の前でオーナーと、わざわざ見送りに来てくれた袴田に頭を下げる。

「本当に……ありがとうございました」

「元気でね」

「はい」

　もう今までのようには会えないのだと思うと寂しかった。けれど昨夜の幸せな時間を思えば耐えられる。それに何より里央には本城がいる。

「あの、これ」

　肩にかけたポシェットから飴を取り出す。全部で六本。三色ずつに分けて、オーナーと袴田に差し出す。

「飴？」

　受け取った二人が首を傾げた。

「本城さんからのお手紙で、お世話になった人にお菓子を渡してもいいって」

「――もしかして、あの時これを買いに？」

「はい」

「そう……ありがとう」

二人は泣きそうな顔で笑った。気にさせてしまっただろうか。でも買い物に出たのは里央の意思だ。知らない人について行ってしまったのも、自分が悪い。

（……どうしよう）

言わなければよかったかも――でもお世話になったお礼をちゃんとしたかったのだ。

悲しげな空気が二人から流れてきた時、本城に背中を抱かれた。

「かわいいものを選んだね」

「あ……はい。他にもおせんべいとかチョコレートとかあったんですけど、これはいろんな色があってかわいかったから。何味かはわからないんですけど……」

二人の口に合うだろうか。今更ながら不安になる。けれどこれまでは必要な買い物以外はしたことがなかったので、自分で選んで買うというのはすごく楽しい経験だった。

オーナーが「じゃあ早速いただいちゃおうかな」と言って包装を破くと、袴田も食べ始めた。

喜んでもらえたようで嬉しい。特に袴田の笑顔なんて初めて見た。これが最後になると思うと少し寂しいけれど――。

「甘くておいしい。ありがとうね、里央」

「へへ。よかった。本当にありがとうございました。――袴田さんも。鞄、大事に使います」

「ああ。腹出して寝るなよ」

「私が一緒に寝るから大丈夫だ」

「っ！」

隣を見上げると、本城がにんまりと笑った。恥ずかしい。けれど、家でも一緒に寝てもらえると思うと嬉しい。

オーナーが目を細めた。

「里央、たまには遊びに帰っておいでね」

「え……いいんですか」

「もちろん。家族がお嫁に行くだけだよ」

「お嫁っ、え、や、そういうんじゃ」

恥ずかしい。そんなことを言われたら顔が赤くなって、本城に好きだと言ったことをみんなに知られてしまう。

「違うよね。里央くんはかわいい旦那様だ」

「えっ!?」

里央が慌てると、みんなが声を上げて笑った。

「だ、旦那様っ……」

まるで夫婦みたい。顔が熱い。でもこんなふうにみんなに笑ってもらうなんて生まれて初めての経験だった。

「里央。これからはたくさん幸せになるんだよ。いっぱいわがままを言って甘やかしてもらって」

オーナーの言葉に本城が頷く。

「うん。わがまま、言ってほしいな。家を出て行きたいというのは聞けないけどね」

「……はい」

そんなこと、言うわけがないのに。

「じゃあ、里央くん。行こうか」

「あ……はい。みなさん、本当にありがとうございました」

もう一度頭を下げ、本城の車に乗り込む。

「お邪魔します」

後部座席に乗り込むと、運転席に男の人が座っていた。拉致された時を思い出し、一瞬身体が強張《こわば》る。

「里央くん？　どうした？」

「あ……」

左を向くと、乗り込んできたのは本城だ。神宮寺ではない。ハッとして背後を振り向くと、そこには誰もいなかった。

「もう大丈夫だよ」

何も言わなかったのに、本城は里央の身体を抱き寄せた。

「怜司さん……」

「今から帰るのは私たちの家だからね」

車はゆっくりと走りだした。窓の外ではオーナーたちが手を振って見送ってくれている。手を振り返すと、オーナーが目元を拭うのが見えた。けれどすぐに車が曲がり、見えなくなってしまう。

（オーナー……）

寂しい。でもまた会えると言っていた。

「里央くん。体調がよくなったら、いろんなところへお出掛けしようね」

「え……？」

「動物園とか水族館とか、行ったことはある？」

「いえ、ないです」

「じゃあ行こう。遊園地はどうかな」

「えっと……」

行ってみたい。けれどこれ以上本城の時間を奪うわけにはいかない。

「今度お出掛け雑誌を見てみよう」

「お出掛け雑誌？　って何ですか」

「デートスポットがたくさん載った本だよ」

「でっ……！」

驚いて、思わず大きな声を出してしまった。慌てて口を手で押さえる。

「デートじゃないのかな」

「えっ、え、え、」

「恋人同士が出掛けるのはデートだろう？　それとも泊まりがけの旅行がいいかな」

すぐ前に、他の人がいるのに。

(大人になると気にしなくなるの……？)

恋人という言葉に反応してしまうのは子どもだからなのだろうか。運転手も助手席の人も、まるで聞こえていないかのように何の反応もしない。ちらちらとそちらを見ていると、それに気付いた本城が笑った。

「彼らのことは気にしなくていい。聞こえていないから」

「え……」

でも、遮るものは何もない。

「里央くん、私は里央くんのすべてが欲しいと思ってる」

「ぁ……」

「心も身体も過去も未来も全部欲しい」

「過去も……？」

「ああ。里央くんが過去を思い出して寂しくなったり悲しくなったりしたときには抱きしめてキスをしたい」

「ぁ……ゃ……」

恥ずかしい。聞こえていないと言われても、やっぱり同乗している男の人たちの存在が気になってしまう。

「それでいつか、昔のことを思い出す度に私に触れられると意識させたい」

「あ、あのっ……わ、わかりましたからっ」

恥ずかしすぎて耐えられない。だって、少しも嫌じゃないどころか、嬉しすぎて。

「じゃあ――」

本城が里央の手を握って何かを言いかけた時、車が停まった。

「タイミングが悪いな」

本城が呟く。

「申し訳ありません」

「っ！」

（やっぱり聞こえて……！）

驚いていると、本城に笑われた。

「かわいいね。けど、聞こえていても聞こえていないから大丈夫だよ」

「……どういう意味ですか」

拗《す》ねたいけれどそんなことはできない。本城は恋人である以前に身請けをしてくれた――買ってくれた人だ。

「言葉どおりの意味だよ。さあ、ここが私たちの家だ」

外から開けられたドア。降りてみると、茶色く大きな建物があった。

「わぁ……！　本城さんが読んでくれた絵本のお城みたい……」

「そうだね。でも残念ながら、中に入っても魔法は使えないんだ」

本城が笑いながら里央の腰を抱いた。右手には、今朝袴田が持って来てくれた里央の鞄を提げている。

「あ、僕、荷物自分で――」

「ダメだよ。まだ本調子じゃないんだから。それに重くないしね」

「……すみません」

「いいんだ。さぁおいで」

「えっ、あの、運転手さんたちは？」

「今は私のことだけを考えていてほしいな」

腰を撫でられ、顔がほてる。

エントランスに入ると男性が二人、受付に立っていた。本城が「彼はこれから私と住む」と端的に里央を紹介すると、二人は深々と頭を下げた。

「里央くん。離れるつもりはないが、万が一私がいないときに何か困ったことがあったら彼らを頼るんだよ」

「はい。よろしくお願いします」

挨拶が終わると、ピカピカの石の上を歩いてエレベーターホールに進んだ。停まっていたエレベーターに乗ると、本城がパネル部分に鍵を挿す。それだけで、ボタンも押していないというのにカゴが上がり始めた。

「あの、ボタンは？」

「これはダミーなんだ。このエレベーターは鍵がないと動かない。でも鍵を挿すだけで部屋の前に着くよ」

「わ……すごいけど忘れたら大変ですね」

本城がくすくすと笑う。

「そうだね。でも変な人は入ってこないから安全だよ」

そうか、そういう考え方もあるのか。

話しているうちにカゴが停まった。促されて降りると、ふわふわの絨毯が靴を包む。

(踏んでもいいのかな……)

まるで布団みたい。それにぼろぼろの里央の靴では汚してしまいそうで怖い。

「おいで。ここだよ」

「あ、はい」

止まっていた足を慌てて動かす。

「まあ、迷子になることはないと思うけど」

「え?」

「このフロアには私の部屋しかないからね」

本城がドアを開けた。広くて、きれいな玄関。

(わ……ここに住めそう……)

玄関だけで里央の寮の部屋くらいありそうだ。それに本城の匂いがする。

「おかえり、里央くん」

「ぁ……えっと、」

お邪魔します、という感覚だ。しかし本城が求めているのは他の言葉。

「……ただいま帰りました」

本城はふわりと笑うと里央をきつく抱きしめた。

「ありがとう。もう離さない」

「ぁ……」

「愛してる、里央くん」

「え……あ……僕も好きです……」

「ああ……ありがとう」

かみしめるように言った本城が、ふと里央の身体を離した。こめかみを人差し指で掻く。

「怜司さん？」

「失敗した。次に言うときはもっとロマンチックなところで言おうと思っていたのに」

「え……いえ、嬉しいです。だっておかえりって言ってもらった時だから。僕、絶対に忘れないです」

「……うん。そうだね。実は引っ越しもありかと思っていたんだけど、それならこのままここにいようかな」

「え？　そうなんですか」

本城に続いて靴を脱ぐ。

「うん。一軒家なら庭もあるから花火だってできるだろう？　ここにもルーフバルコニーはあるが、落ち着かないからね」

「そんな、もったいないですよ」

花火のためになんて。たしかにしてみたいとは思うけれど。

「私が里央くんといろんなことをしたいんだよ。花火をしたことはある？」

「いえ、でも見たことはあります。ナンバー1の誕生日のケーキに刺さってました」

だから気にしなくていいという意味だった。しかし本城は目を見開くとすぐに眉尻を落とした。

「そうか。わかったよ。部屋の案内は後でするね。今日はゆっくりしよう」

「はい。ありがとうございます」

「おいで」

廊下は広く、二人で並んで歩けてしまう。大きくて温かい手に引かれてリビングに入る。

「わ……！」

一面が窓になっていた。たくさんのビルが見える。

「気に入った？」

「すごいです。きれい……遠くまで見えますね」

店はどの辺りだろう。ここからなら見えそうだ。しかしそれを訊けば、戻りたがっていると思われてしまうような気がした。これからはここでお世話になるのだ。

背後に立つ本城を振り返る。

「あの、これからよろしくお願いします」

頭を下げると空気が揺れた。きつく抱きしめられて骨がきしむ。

「こちらこそ。大切にするよ。これからは敬語もなしだ。家族で、恋人なんだから」

「……うん」

幸せすぎて、胸がいっぱいになった。目に涙が溜まる。

「里央くん？」

「……ううん。何でもないです。好きです。怜司さん」

「私も好きだよ」

顔を上げると、顔中にキスが降ってくる。

「ベッドに行こう。立っているのも疲れただろう」

手を引かれて廊下に出る。いくつもあるドアのうちの一つに入ると、大きなベッドがどんと置かれていた。

「これからはずっと二人で寝ようね」

「お邪魔じゃないですか」

本城がわずかに目に力を込めた。けれどすぐ、ふわりと柔らかくなる。

「まさか。病院でもずっと一緒に寝ていただろう？　それに敬語」

「へへ……うん」

パジャマに着替え、二人でベッドの中にもぐる。

「ああ……ようやく二人きりだ」

「え？」

「あそこだと、いつ誰が入ってくるかわからなかったからね」

抱き寄せられ、本城の胸に顔をうずめる。

(怜司さんの匂い……)

しかし、ベッドからは何の匂いもしなかった。一番濃く本城の匂いがしそうなものなのに。

腕の中から顔を出し、本城に尋ねる。

「あの、このベッド、怜司さんのですよね？」

「ん？　そうだけど、寝心地が悪い？　買い替えようか」

「えっ！　いえ、あの、怜司さんの匂いがしないから……」

玄関に入った時はたしかに感じた本城の匂い。大好きな香りだから、間違えようがない。

一瞬きょとんとした本城は、くつくつと笑いながら里央の背中を撫でた。

「新調したばかりなんだよ。届いたのは病院にいた時だから、私も使うのは初めてなんだ」

「え――」

「一緒に寝たかったからね。それより、ベッドの方がいい？　本物がいるんだけどな」

本城が里央の頭の下に腕を差し入れた。再度ぐっと抱き寄せられ、本城の首筋に顔が埋まる。

（あ……）

嗅ぎ慣れた、大好きな本城の匂い。思わず鼻から空気を吸う。

「ベッドも室内も、これからは二人の匂いになるね」

「それはちょっと……」

本城の匂いだけがいい。

「でも使うシャンプーも石鹸も同じなんだから、同じ匂いになるよ」

「……シャンプーとかじゃなくて、怜司さんの匂いです」

すんすん吸っていると、本城が嬉しそうに笑った。

「このまま眠れそうなら寝てごらん」

眠気はなかった。けれどきっと本城は眠いだろう。里央が起きる度に本城も起きて、ずっと付き添ってくれたのだ。里央は自分が勝手に寝られなかっただけだけれど、本城は巻き込まれただけ。自分で起きるより起こされる方がつらいはずだ。

「はい。おやすみなさい」

目を閉じると、背中をトントンとたたかれた。穏やかで温かい。ふわふわする。

（怜司さん……）

まるで嘘みたい。ほんの少し前まではあと少しで死んでしまうと思っていたのに。

「……あの」

「ん？」

「なんか、その……いえ、なんでもないです」

これは現実なんだろうか。もしかしたら手術室の続きなのかもしれない。今頃手術が行われていて、自分はいい夢を見ているだけなのかも。

「……まるで夢みたいだな」

「え？」

「幸せすぎて現実じゃないみたいだ」

「ぁ……」

まさに今、里央が思っていたのと同じことを本城が言った。

「確かめさせてくれる？　里央くんが家にいて、本当に私の恋人になってくれたって」

「怜司さん……」

「疲れたら、途中で眠ってしまってもいいから」

本城の手がパジャマの裾から入ってきた。愛撫するように背中を撫でられてぞくぞくする。

「ぁ……ア……」

性的な興奮なんてしていなかったのに身体に熱が通っていく。まるで止まっていた血液が流れだしたみたい。

「里央くん……愛してる」

本城の手が脇腹を撫でながら前に来た。胸を撫でる指先が乳首に触れ、身体に力が入る。

「アッ」

「かわいい……かわいい。里央くん。誰もいないところでこうして触れたかった。本当に私だけのものだ」

本城の低い声が腰に響く。

「ンッ……」

「声、我慢しないで。ここは店じゃない。聞いているのは私だけだよ」

本城がきゅっと乳頭をつまんだ。ぴくんと身体が跳ね、ペニスが勢いよく頭を上げていく。

「かわいい……里央くん。身体を見せて」

乳首から指が離れ、ぬくもりがなくなる。なのにパジャマのボタンを外される度に体温が上がっていく。

「はぁっ……ぁ……」

肌に絡みつくような本城の視線。今まで、こんな目で見られたことなど一度もなかったので戸惑う。

「かわいい……きれいだよ」

「ぁ……やぁっ……」

見すぎ、と逃げるように上体をよじる。しかし本城は動きを予想していたのか、里央の手首をシーツに押し付けた。

「ぁっ」

「見せて。ちゃんと。里央くんの無事を確かめたい」

入院中もずっと腕の中だったたし、お風呂だって入れてもらった。着替えだって手助けしてもらっていたのだから、身体なんて見飽きているはずなのに。

「ぁ……怜司さんっ……」

「恥ずかしい？」

何度も頷く。けれど本城は里央の腰の下に手を入れると軽々と持ち上げ、下着ごとズボンを抜き取ってしまった。

「やぁ……や、恥ずかしいっ……」

「かわいい……何度見ても里央くんのおちんちんはかわいいね」

「うぅ……やぁ……」

店ではかわいいと言われると嬉しかったのに、今はただただ恥ずかしい。

「久しぶりに里央くんが射精するところが見たいな。身体、つらい？」

目を閉じたまま首を振る。好きな人に望まれて、嫌だなんて思えない。見てほしい。見て、またたくさん褒めてほしい。でもその前に――。

「あ、待っ――」

「ん？」

里央のペニスに触れようとした本城の腕を握って止める。

「怜司さんも……」

脱いで、という言葉はかすれて音にならなかった。けれど本城はすぐに服を脱ぎ捨て、ベッド下に放った。

（やっぱりかっこいい……）

広い肩幅。整った筋肉。無駄な脂肪がないのは鍛《きた》えているからだろうか。腕の太さも胸の厚みも、里央とは比べ物にならないくらいしっかりしている。

「……恥ずかしいものだね」

「え？」

「見すぎ」

本城が照れたように笑いながら里央の唇にキスを落とした。ふわ、と触れたそれはすぐに離れ、けれどまた繰り返し降ってくる。

「ン……」

好き。大好き。やっぱり現実じゃないみたい。

（でも、こんな夢の中にいられるならいい……）

現実より何倍も幸せな夢。それなら生きている必要なんてない。

「怜司さん……」

「里央くん。かわいい。愛してる」

もう一度キス。柔らかい……ふわふわした気持ちでいると、唇をねっとりと舐められた。驚き、つい口を開いてしまう。

「んむっ」

狙っていたのか、すかさず本城の舌が里央の口内に入ってきた。驚いて硬くなっている舌をほぐすように舐める。

「んんっ……んぅ……」

こんなの知らない――頭の中がぼうっとなっていく。

「んっ！」

突然、本城の手が里央の胸を撫でた。探るように動いたそれはすぐに乳首を見つけ、硬くなったそこをぐにぐにと潰す。

「んんんっ！　んぅっ！」

気持ちいい。ペニスがぐんと硬くなる。息が続かない。必死に鼻から空気を取り込む。

「んん、んんんっ！　……はぁっ」

唇を解放され、ぜいぜいと全身で激しい呼吸を繰り返す。

「愛してる」

額へのキスの後、本城が里央の右乳首を口に含んだ。左は指でつまれ、こねられ、引っ張られる。

「あああっ！　ああっ！」

イってしまう。ペニスが爆発してしまう。

「あっ、ああっ！　あ、あっ――」

「乳首だけでイキそうだね」

「あっ、やっ……」

「乳首だけはいや？」

「やっ」

「じゃあこっちもしようか」

ペニスに触れてもらえる――そう思ったのに本城の指が触れたのは陰嚢だった。中身を転がすように揺すられて、それだけで身体は絶頂に向かって駆け上がっていく。

「あああっ！」

本城が乳首を噛んだ。ピリッとした痛み。その後で強く吸われるとペニスが激しく疼《うず》く。

「怜司さんっ……！」

イきたい。もう出したい。腰が浮き、勝手に揺れる。

「怜司さん！　怜司さんっ！」

「イけるかな？」

「無理っ！　やぁっ」

「おちんちん、痛かったら言ってね」

本城が乳首から顔を離した。まるで観察するように陰部に顔を寄せ、ペニスの先端に指を添える。

「アッ――ああっ！　あ、あっ！」

これまでに何度もされた、皮の窄まりへの優しい愛撫。もうイきそう。

「ああ、出そうだね」

「ん、もうっ……！」

「飲ませてくれる？」

「えっ」

「痛くないようにするから」

あっと思った時には咥えられていた。でも口内は空洞で、尖《とが》らせた舌先が皮をツンツンとつつくだけ。それでもペニスを咥えられているというその光景だけで、こらえきれずに精液を飛ばした。

「あああああっ！」

ドクンドクンとペニスが脈を打つ。

「ああ……」

本城の口に出してしまった。しかも本城は、里央の高揚が落ち着いても離れようとしない。

「あ……怜司さん……」

どうしたらいいかわからず本城の髪にそっと触れると、ペニス全体を本城の口内が優しく包み込んだ。

「ああ……ああ……」

舌を動かされはしなかったので、痛みはなかった。本城の口内は熱くてぬるぬるしていて、泣きたくなるほどに気持ちいい。

「怜司さんっ……」

こくんと飲み込む音が聞こえた。

「上手に出せたね」

身体を起こした本城が赤い唇をぺろりと舐めた。いつも優しいばかりの本城の、男の顔。

「怜司さん……」

「痛かった？」

激しく首を振ると、本城の指がアナルに触れた。

「ここも少し、いいかな」

「あ……でも準備が」

「かまわない。それよりもう抱きたい」

きっぱりと言い切られ、抗《あらが》うことなどできなかった。羞恥《しゅうち》に耐え、本城の身体を引き寄せる。

「怜司さんの、ほしい……」

「ありがとう」

ちゅ、ちゅ、とついばむようなキス。本城の身体が離れたところでまぶたを開けると、本城の大きくそそり起ったペニスが目に入った。

「あ……」

里央のものとは比べ物にならない。今からこれが挿入されるのだと思うと、射精を終えたばかりのはずのペニスがまたゆっくりと形を変え始める。

「もう一度出せるかな。射精するところが見たい。さっきはつい、我慢できず咥えてしまった」

本城がベッド横の小さな棚からローションを取り出しながら苦笑する。

「うん……見て……おちんちんから白いの出すところ見てほし——あっ」

ぬるぬるした指がつぷりと中に入ってきた。初めて感じる人の指。違和感と、体内に触れられているという興奮。

「中で気持ちよくなったことは？」

「ないっ！」

「よかった。じゃあこれから覚えていこうね」

挿入された指が中を広げるように動く。

「ぁっ！　ぁ、あっ！」

「痛かったら言う。それは約束ね」

「んっ」

頷くと乳首を舐められた。舌先で乳頭をクリクリとこねられ、頭が真っ白になる。

「あああぁあっ！」

気持ちいい。思わず本城の頭を掻き抱く。胸を押し付けるように反らすと、意図を汲《く》んだ本城にじゅるっと音を立てて強くそこを吸われた。

「んああっ！」

身体に力が入り、出し入れを繰り返す本城の指を締め付ける。

「里央くんの中、すごく熱いよ」

「やぁっ……」

指がスムーズに動くようになると本城は本数を増やし、時間をかけて丁寧にそこを広げた。

「怜司さんっ」

もう我慢できない。早く本城と繋がりたい。

「力を抜いて」

指を引き抜かれ、喪失感を覚える。本城は手早くペニスにコンドームを被せるとローションを塗りたくった。

「あ……」

それを見て、今から一つになるのだと実感した。大好きな本城と、人生初めてのセックス。

「怜司さん」

「うん？」

「夢じゃない……？」

尋ねると、本城が穏やかに目を細めた。

「夢じゃないよ。これが夢だったら私の方が泣きそうだ」

「ぁ……」

じゃあ、現実なのか。これから、こんな幸せな中で生きていくのか。胸がいっぱいになり、泣きそうになった。筋肉質な腕を握ると、本城が里央の額にキスを落とす。

「里央くん、痛いって言ってみて」

どうしたのだろう。わけもわからないまま「痛い」と言ってみる。本城はにっこりと笑った。

「ちゃんと言えたね。痛かったらそうやって言うんだよ」

もしかして、気にせず言えるように練習させてくれたのだろうか。

「入れるよ」

「はいっ」

緊張と興奮で息が苦しい。

店で行われていることを知った頃は、初めては仕事で迎えるものだと思っていた。けれど時間が経つにつれ、誰とも経験しないまま臓器となって死んでいくのだと思うようになった。なのに今、大好きな人の部屋で大好きな人に抱かれようとしている。

「アッ……」

丸みを帯びた先端が窄まりをゆっくりと押し開きながら入ってくる。想像していたよりもかなり大きい。けれど痛みは感じなかった。あるのはただ重い圧迫感。それが、これが現実だと教えてくれる。

「痛い？」

「大丈夫っ……ぁ、ぁっ……」

「遠慮しなくていいんだよ」

「大丈夫っ……！」

本城はゆっくりと腰を進めた。何度も里央にキスを落とし、熱のある目で見つめながら。

「ア、はあ……は、ン、ぁ……」

「本当に痛くない？」

「んっ」

本城のペニスが燃えるように熱い。中を火傷《やけど》してしまいそう。

「早くっ……！　動いてっ……！」

素直にねだると、本城が目を細めてゆっくりと腰を引いた。みっちり埋まっていたので、腸まで出ていってしまうのではと思うほどどきついい。

「あぁっ……！」

「里央くん、かわいい。愛してる」

「……ほんとっ？」

「嘘なんてつかないよ。愛してる」

「僕も大好きっ……」

本城の首に腕を回し、ぎゅっと抱き寄せる。しかし、本城は腕に力を入れてそれを拒んだ。そして困ったように笑う。

「あまりくっつくと、里央くんのおちんちんを刺激しちゃうから」

「ぁ……」

「おちんちんが刺激に慣れてきたらいっぱい抱き合いながらセックスしようね」

「はい。あの、でも今も怜司さんが満足できるまでいっぱいしてください」

店では里央ばかりが気持ちよくなっていた。だから今度は本城にたくさん気持ちよくなってほしい。

「うん。ありがとう。けどそれは里央くんが本調子になってからでいいんだ。今は一つになれ

ただけで幸せだよ」

「ン――でも怜司さんにも気持ちよくなってほしい……」

「苦しくない？」

「んっ」

こくこくと頷くと、本城はゆっくりと動き始めた。

「ああっ！」

本城の動きに合わせて身体が引っ張られるように動く。

「ああ……きついな。本当に痛みはない？」

「ないっ……！　大丈夫だからっ……」

「よかった」

それでも本城はペースを上げなかった。里央の顔をじっと見つめながら、ゆさゆさと揺らすばかり。

「ああっ！　あっ！」

それなのにすごく気持ちいい。本城が触れているところすべてが快感を拾う。

「かわいい……お尻だけで気持ちよくなってる」

「あっ、だってっ、あっ」

「イけそうかな。さっきみたいにおちんちんいじろうか」

「んっ……でも、怜司さんはっ？」

「うん？　気持ちいいよ」

余裕のある声だった。本城はまだ射精感には到達していないらしい。

「やっ、一緒がいいっ！」

「じゃあ、もう少しお尻だけで我慢してね」

本城は里央のペニスに触れないように気を付けながら、ちゅっと音を立てて唇にキスを落とした。それから足を抱き直し、今度はさっきよりも速いペースで腰を動かす。

「――！　アアッ！」

「っ、は、」

本城が動きを変えた。里央の好きなところばかりを狙ってトントンと突く。

「ああっ！　はぁっ、あっ、っく、ふあっ」

「アナルがとろとろになってきたよ。里央くんはおちんちんよりお尻で気持ちよくなる方が合ってるのかもしれないね」

「んっ！　あああっ！」

なんでもよかった。だって本城と一つになれたのだ。それならどこで快感を得ようが関係ない。

「ああ……かわいい。かわいすぎてイきそうだ」

「怜司さんっ！」

「こんなに早いと思われたくないんだけどな」

「えっ？　アッ、なにっ、あっ」

「なんでもないよ。里央くんのお尻でイかせてね」

「あっ、はいっ、アッ、あぁっ！」

本城がさらにペースを速めた。ぐちゅぐちゅとローションの水音が響く。

「ああっ！　ああっ！　ああ、あああっ！」

「里央くんも、一緒にっ――」

本城が里央のペニスの先端に触れた。再びそこを撫でられ、余った皮に亀頭を刺激される。

「アアアッ！」

「つは、すごいなっ……」

本城が熱のこもった吐息を漏らす。

「ああっ！　ああっ！　おちんちんっ……！」

何も考えられなくなるほどの快楽。自分の体内が、本城に絡みついているのがわかる。

「出してごらんっ……」

「あああっ……ごめっ――」

本城はまだイっていないのに――そう思いながら、身体に入る力を抜くことはできなかった。

精液が飛び出す。けれどその間も止まることなく与えられ続ける快感に、身体がびくびくと反応する。

「あっ、怜司さんっ！　ああっ、すきっ！　あっ、あっ、あっ！」

「っ……里央くんっ……」

本城が自分の身体で快感を得ている――そのことに胸がいっぱいになった。だって、こんなに幸せなことってない。

「里央くんっ！」

本城が、腹がペニスに当たらないように腰を曲げながら里央の身体を痛いほどに強く抱きしめた。

「――！」

突然動きがピタリと止まる。

「はぁっ……」

本城の熱い息が肩に触れた。荒い呼吸が繰り返される。

(怜司、さん……)

イったのだ。本城が、自分の中でイってくれた。

「怜司さんっ」

「里央くん……すまない、身体は？」

つらいはずがない。ずーんとした鈍い痛みが腰に響いているけれど、それは現実を教えてくれるものでしかなかった。

（僕、本当に――）

生きてる。

「怜司さんっ……」

「里央くん……」

勝手にあふれてくる涙を本城の唇が拭う。

「現実だね」

「え？」

「よかった……里央くんが本当に私の腕の中にいる」

「ぁ……」

きっと本城は、里央が何を不安に思っているのか気付いていた。

（だから、抱いてくれた……？）

考えてみれば、退院したのは病院から促されたのではなく本城が交渉してくれたからだった。

そんな状況で、優しい本城が里央に負担がかかるようなことを自分からするはずがなかったのに。

（好きっ……）

大好き。これから先、どんなことがあろうと本城のために生きていく。

「里央くん、愛してる」

「んっ……僕もっ……怜司さんを愛してる！」

本城は何度も何度も里央の目尻を唇でこすった。ついばみ、時折舐め、ちゅっと吸う。

「うぅ……」

「大丈夫。一緒だよ。離れないから」

「んっ……」

「――そうだ、繋がったまま寝ようか」

「え……？」

一度抜くね、と言って本城がペニスを抜いた。アナルが閉じきらないような変な感じがする。

「すぐに戻るから」

離れないと言ったのにいなくなってしまうのだろうか――しかし本城は新しいコンドームを取り出すと、汚れたそれと取り換えた。それから腹に散った里央の白濁をティッシュで軽く拭う。

「身体ごとあちらを向いて」

言われたとおりに体勢を変える。本城は背後に寝転ぶと、里央の腰をぐっと引き寄せた。

「あっ……」

「もう簡単に入るね」

本城が声に笑いをにじませながら、まだ硬いそれを挿入し直す。

「ぁ……ン……」

今度感じたのは快楽ではなく安堵だった。失っていたものが戻ってきたような。

「このままだったら安心して寝られ……ないかな？」

「ン……でも怜司さん、つらくないですか？」

もし本城に負担がないのなら、このまま寝たかった。

「そうだね……たまに揺らしてしまうかもしれないけど」

笑いながら、本城が里央のうなじの匂いを嗅いだ。

「あっ……」

「勃起はこれだけで維持できそうだ」

繋がるなんていやらしいことだと思っていたのに、心が軽くふわふわしている。

「怜司さん、大好き……」

「私もだ」

腹に回されていた本城の腕を取って抱き、匂いを嗅ぐ。背中には本城のぬくもり。中には本城の熱。布団も掛けられると、これ以上安心できる場所はないと思えた。

セックスで疲れたのか、次第に眠気がやってくる。本当はもっと、この空間を堪能《たんのう》していたいのに――。

「おやすみ、里央くん」

「怜司さん……」

「起きたらまたたくさんいちゃいちゃしようね」

「ン……」

目を閉じると、本城の優しい笑顔が浮かんだ。唇が動いている。

——愛してる。

けれどその声は、耳元から聞こえた。

9

「待たせてごめんね」

「いえ全然！　お疲れ様でした」

会議を終えて社長室に戻ると、里央はいつも子犬のように走り寄ってくる。その屈託《くったく》のない笑顔に、本城は疲れが吹き飛ぶのと同時に肉欲が膨れ上がるのを感じた。

あっというまに、里央の退院から二か月半が経った。

里央は退院から一か月が過ぎる頃には食事も睡眠もしっかりと取れるようになり、時に不安そうに瞳を揺らしながらも徐々に自然な笑顔を見せるようになった。本城はそんな里央に愛の言葉を囁き、里央の体力が戻ってからは毎日その敏感なペニスに触れていた。

すると二か月が経つ頃には、里央は不安に表情を曇らせることもなくなり、ペニスに触れられることにも慣れて自ら愛撫をねだってくるまでになった。

そしてもうすぐやってくる三か月記念日。一か月目と二か月目はどうしても休みを取ることができなかったので、今回は確実に連休を取れるように調整していた。

（あと二週間――）

待ち遠しい。その時には思い切り抱きたい。里央の心身を快楽で埋め尽くしたい。乱れる里央が見たい。だからそろそろ、そうするための準備を始めたかった。

燃えたぎる熱に気付かれないようごくりと唾を飲み込み、里央の細い腰を撫でる。

「さぁ、帰ろうか」

ちら、と里央が本城を見た。期待を含んだその視線に思わず口角が上がる。

「里央くん。今日も、したいな」

「あの、でも明日もお仕事――」

「うん。だから里央くんのおちんちんをいじるだけだよ」

もう、痛くないから――先日、里央が本城にすがりついて言った言葉が頭の中に蘇《よみがえ》る。

ねだるように耳に唇をこすり付けると、里央は顔を真っ赤に染めて本城のシャツをぎゅっと握った。


寝室の間接照明をつけ、シーリングライトを消す。恥ずかしそうに布団から顔だけを出す里央の白い肌がオレンジ色に染まった。ベッドに腰掛け、柔らかな頬を撫でる。

「今日は少ししごいてみようか」

「あ……」

「怖い？」

「ううん……でもゆっくりがいい……」

「もちろん」

パジャマを脱がせながら唇を塞ぐ。角度を変えて二度三度とそれを繰り返し、里央の身体から力が抜けたのを確認してからそっと舌を差し入れる。

「ん……」

鼻にかかった嬌声。普通の喘ぎ声も好きだがこちらはさらに色っぽい。口蓋《こうがい》を舐め回してから唇を離すと、二人の間を細い唾液の糸が繋いだ。それが途切れる瞬間、里央は寂しそうに唇を開く。

「ぁ……」

「里央くん……かわいい」

慰めるように唇を食《は》み、腹にあてていた手をゆっくりと胸に向かって移していく。

「先におっぱいで気持ちよくなろうね」

「んっ……」

「おちんちんがつらくなったら教えて」

「怜司さん……」

もう一度舌を絡めながら、小さいながらもぷっくりと膨らんだ乳首を親指でこねる。里央の鼻から息が抜け、身体がビクンビクンと繰り返し跳ねた。

「ん、んう……ん、ぁっ……」

里央に触れていると、やけに喉が渇く。

甘い唾液を搦《から》め捕《と》り、何度も何度も嚥下《えんげ》する。しかしそれでも一向に渇きは癒えない。唇を離し、乳首を咥える。乳頭を舌先でつついて少し強めに吸うと、里央は本城の頭を掻き抱いた。

「ああっ……！」

ぎゅうぎゅうと頭を乳首に押し付けられると、それだけで本城のペニスは爆発しそうなほど伸長する。

「怜司さっ……！」

左右の乳首をバラバラにこね続けると、泣きそうな声が上がった。里央が苦しそうに本城の名前を繰り返す。

「怜司さんっ！　れいっ……！」

「里央くん」

里央が潤んだ瞳で本城を見上げた。半開きの唇で荒い呼吸を繰り返す。

「あっ、ハァ、ぁ……」

「おちんちんをつまむよ」

「ぁ……」

おずおずと里央が頷く。腕を引いて上体を起こさせ、背後に回ってきつく抱きしめる。

「痛かったら言うんだよ」

「ン……」

里央の耳に唇をこすり付け、「いい子」と褒めてから小さな勃起に手を向ける。

「ぁ……ぁ……」

まだ触れてもいないというのに、里央は小さく喘いだ。

「大丈夫。里央くんはおちんちんで気持ちよくなれるよ」

見てごらん、と視線を向けさせてからペニスをつまむ。

「ぁっ……」

「ああ……かわいい。ゆっくりしごくよ」

「んっ……」

里央が縋るように本城の腕を抱いた。緊張が伝わってくる。けれど本城ももう止まれなかった。もう一度耳に唇を寄せてから、指をほんの少し、皮をむくように下に動かす。

「あっ……あっ！」

「痛い？　気持ちいい？」

「きもちっ……」

たったそれだけの刺激で、里央の勃起はもう破裂しそうだった。

「あっ、アッ……」

「気持ちよさそうだね。でもこれではまだしごいているとは言えないよ」

「ああっ！　そんなぁ……」

今度はむいた皮を戻すように指を上に動かす。それを数回繰り返すと、里央は胸を反らせて足をバタバタと動かした。

「あっ……あ、もうっ……もうっ……！」

三秒で一往復。それを少し速めてみる。

「ああっ……！」

里央がぶんぶんと首を振った。けれどまだ精液は飛び出さない。どうやら思ったよりペニスは刺激に慣れていたようだ。

「おちんちん、気持ちいいね」

「んっ……気持ちいいっ」

「かわいい」

つまむ手に力を少しだけ入れると、里央が背中を丸めた。イく直前だ。

「思い切り出してごらん」

「んっ……ああっ……！」

皮の窄まりから白濁が流れ出る。子どものような見た目なのにちゃんと精液を出せる——もう成人しているとわかっていても、あまりのかわいさについそんなふうに考えてしまう。

「ああっ……怜司さんっ……！」

「おちんちん、しごかれて出せたね。とっても上手だったよ」

「んっ……気持ちよかった……」

嬉しい、幸せ、と、身体を反転させた里央は本城にすがりついて泣きそうな声を出した。

普通の男のような射精ができない——それでなくても陰部は過剰に気になってしまう部分なのに、里央はちんパブという特殊な環境で育ったせいで普通以上にコンプレックスを抱えてしまっていた。でもそれも、これで徐々に解消されていくだろう。

「里央くんはおちんちんをしごいて射精できるようになったよ。みんなと一緒だね」

「んっ……怜司さん」

「うん？」

「夢を叶えてくれてありがとう」

なんていじらしいのだろう。半分は本城の趣味だったのに。

「私にとっても夢だったよ。里央くんを後ろから抱っこして、おちんちんをしごいて射精させること」

「本当？」

「ああ」

「へへ。嬉しい」

キスをすると、里央はいちごミルクを飲む時のような純粋な笑顔で頷いた。

◇　◇　◇

昼休憩。膝の上に座る里央の口に甘い卵焼きを運び、慌てさせないよう飲み込んだのを確認してから話しかける。

「里央くん、明日で三か月だね」

「あ……もうそんなに」

「うん。あっというまだったね。だからお祝いしようと思って、明日から三連休にしたよ」

「えっ、本当ですか」

「うん。お休みの間に何かしたいことはある？」

大きな本屋で好きな絵本を選ばせたり、食事や動物園にだって連れて行ってやりたい。

「じゃあ、おうちで怜司さんとずっとくっついていたいです」

「出掛けなくていいの？」

「あ、怜司さんが行きたいところがあるならついていきたいです。でも仕事で疲れてるし、せっかくのお休みだからゆっくりしてほしいです」

遠慮なんてせず、本城が困るくらいの我儘《わがまま》を言ってくれていいのに。

「里央くんが行きたいところに行きたいな。夜はずっとくっついていられるし」

「いえ、僕は怜司さんと一緒にいられればそれで幸せなので」

嬉しかった。きっと以前の里央だったら、「たまには一人の時間が必要ですか？」なんて言ってきたかもしれない。それこそ、ジュースの一杯でさえ遠慮されていた頃なら。

（ちゃんと愛情は伝わっている……）

恋人と言いながら、半分は育て直しのような気持ちでもあった。しかし里央がこうして自分の気持ちを言葉にしてくれると、自分の愛し方は間違っていなかったと思える。

「わかった。じゃあたっぷりいちゃいちゃしようね」

ここは職場——そうとわかっていながら耐えきれず、小さな耳に唇を寄せる。

「今朝のうちに、お風呂には綿棒を用意してあるよ」

「あっ……」

真っ赤になった顔。しかし、それだけではない。せっかくの三か月記念日なのだ。

「今日はコンドームデビューをしてみようか」

想像するだけで興奮する。しかし無理強いはしたくない。これから先、時間はたっぷりあるのだ。

「それともまだ痛そうかな？　もう少し先にしようか？」

里央は耳まで真っ赤に染まった顔をぶんぶんと振った。

帰りの車内、里央は羞恥からか黙っていた。しかし家に入ると途端に顔をとろけさせ、本城にぎゅうっと抱きついた。

「甘えん坊さんだね」

「……うん」

愛おしすぎてたまらない。靴を脱いだ里央を抱き上げベッドに直行する。

「かわいいよ。愛してる」

覆いかぶさってキスをすると、里央が本城の二の腕を掴んだ。

「……あの」

「うん？」

話も聞きたいが、触れてもいたい。鼻の頭をこすり合わせながら先を促す。

「三か月間ありがとうございました。僕、怜司さんの家族にしてもらえて嬉しかった」

「……それは別れの挨拶じゃないよね？」

「あっ、いえ、違います！　でもその、お礼っていうか、僕はお世話になるばっかりだから……だからその、怜司さんが今も僕の……その、おちんちんで疲れが取れるなら、たくさんいじってください」

「いいの？」

言われなくてもそのつもりでいた。もちろん礼を求めるという意味ではなかったが。

「はい。もう、痛くないから……」

これまでの我慢はこの日のためだけにあったのだ。誘惑に耐え抜いて本当によかった。

本城は強引に里央の口を塞ぐと、驚きに縮こまった舌を吸った。舌先を絡めて歯列をなぞる。そうしながら服を剥《は》いでいくと、里央は本城の首に腕を回して行為に応えた。

「怜司さんっ……おちんちんっ……」

「うん。今日はたっぷりいじらせてもらうよ。でもその前におちんちんの中をきれいにしようか」

「ぁ……」

瞳を小刻みに揺らす里央の下着を足から抜き、自身のスーツは乱雑に脱ぎ捨てる。

「怖い？」

「いえ……その、出ちゃいそうで……」

「もちろんかまわないよ。何度でも出して」

音を立ててキスをして、細い身体を抱き上げる。浴室に下ろすと、里央はすぐに本城に抱きついた。

「ドキドキしてもう出ちゃいそう……」

「え、今？　それは少し待ってほしいな」

里央のあまりの純粋さに頬が緩むのを感じながらシャワーを出す。

「亀頭を直接いじるのは初めてだね」

「はい……」

「痛かったら遠慮なく言っていいから」

ペニスを濡らし、石鹸をつけた綿棒をそっと皮の窄まりから中に入れる。綿棒の先の膨らんだ部分が入ったところで里央の顔を見ると、眉間にしわを寄せて目をきつく閉じていた。その様子があまりにも健気で胸がきゅっと締め付けられる。

里央は初めて会った時からそうだった。誠実で健気で、相手の幸せを何より一番に考えていた。今も、大切なところを本城に差し出して——。

「痛い？」

「いえっ、きもちぃっ……」

官能に揺れた声。乳首も愛撫を求めるように膨らんでいる。もっと気持ちよくしてやりたい。いやらしいことを楽しいと思わせてやりたい。性は本来、商売道具ではないのだと言葉を使わずに教えてやりたい。

「もう少し入れるよ」

「んっ……ぁ、あっ！」

綿棒の先が亀頭に触れた。尿道口に当たらないよう、斜めにしてからカリ首に向けて差し込む。

「ああっ！」

「痛い？」

里央は思い切り首を振った。その揺れでペニスが動き、それにまた嬌声を上げる。

「ひゃぁんっ！」

「かわいい……大切な里央くんのおちんちん、きれいきれいしようね」

いわゆる皮オナのようなことを連日していたせいか皮は伸びがよく、余裕があった。綿棒をくるくると回して中をこする。

「あっ……！　アアッ！　あっ、ぁ、ァアッ！」

「イきそうだったらイってもいいよ」

「やぁっ！」

「ん？」

動きを止め、里央の返事を待つ。

「ぁ……まだイきたくない……もっと……」

「っ……」

暴発しそうになった。視線を一度里央から外して呼吸を整える。

「怜司さん……？」

「ああ、ごめんね。あまりにもかわいいことを言うから。皮の中、ぴっかぴかにしようね」

「んっ」

「もう少しくるくるするよ」

「んっ！　んっ、ああああっ！」

里央の腰が、本城を誘うように左右に揺れる。

「里央くん。おちんちん気持ちいいね？」

「ああああっ！　もう出ちゃうっ！」

「でもまだきれいになってないよ？　中にお湯を入れて石鹸もすすがないと」

「やあっ……！」

もう無理、という泣きそうな声に一発で負けた。この時が来たらたっぷり楽しむつもりでいたのに。

「じゃあ流そう。続きはまた明日ね」

「んっ！」

用意しておいたシリンジで、皮の窄まりからぬるま湯を中に入れる。そこからお湯が流れ出てくるさまは卑猥だった。子どものようなペニスなのに――それがまた本城の劣情を誘った。

今度からは射精の後、こうして中の精液を流してやるのもいいな、と考える。

「これからは私がこうしてきれいにしてあげるからね」

「んっ！　ねえ、もうイきたいっ……」

「里央くん、あとちょっと我慢。ベッドに行こう？」

「あ……」

立ち上がろうと床に手をついた里央を攫うように抱き上げて運び、身体も拭かずにベッドに下ろす。里央のペニスはしっかりと硬さを保っていた。

「あの、」

里央用の小さなコンドームの封を切りながら答える。

「ん？　怖い？」

「あ……いえ、その、あれもしてほしい、です……」

「あれ？」

何かあっただろうか。思考を巡らせる。

「その……怜司さんのと一緒にごしごし……」

あ、と思った。そうか、店で本城が求めたものだ。

「覚えててくれたんだ。ありがとう」

はやる気持ちを抑えながら里央の額にキスをして、コンドームの裏表を確認する。

「少し足を開いて――そう。いい子だね」

ほんの少し力を入れるだけで潰れてしまいそうなほど小さなペニスだ。そっとつまんで硬さを確認してから先端にコンドームをあてる。

「あっ……」

「痛い？」

「いえ……大丈夫」

「痛かったら教えてね」

精液溜まりをつまんでくるくるとコンドームを被せていく。ピンク色のそれは、色白な里央の肌によく映えた。

「ぁ……あぁ……あっ……ン、はぁっ……」

「気持ちいい？」

「んっ」

もっと楽しみたかったのに、小さいのであっというまに終わってしまった。

「あっ、怜司さん……もうイきたい……」

「じゃあ一緒に気持ちよくなろう」

対面座位になろうとすると、里央が本城の腕を握って首を振った。

「あの、」

「ん？」

里央の話ならどんなことでもちゃんと聞きたい。しかし今だけは早く行為に及びたかった。

「怜司さんのおちんちん、リボンで僕のと一緒に結んでほしい……」

「え……」

あまりにかわいいおねだり。暴発しかけたペニスを落ち着かせるべく呼吸を整える。

「僕のと離れないようにして……」

「……でもそれをしたら、里央くんがイった後も私がイくまで一緒にごしごししちゃうよ？」

したい。潮《しお》だって吹かせたい。けれどまだそんなところには至っていない。自分の願望よりも里央の心身の方が大事だった。

きっと泣いてしまうだろう――しかし里央は目を潤ませて「して」ともう一度本城にねだった。

「あ……あ……」

向かい合い、先端の位置を合わせた状態で結んだリボン。手で包むように握るだけで里央は感嘆の息を漏らした。

「とてもえっちだね」

「ン……うれし……」

あまり煽《あお》らないでほしい。しかし今は早くイった方が里央のためか。

「かわいい。里央くん、愛してる」

手にローションをつけ、二本一緒に優しくこする。普段の本城なら到底絶頂などできそうにない刺激だったが、今だけはそれでもじゅうぶんだと思うほど興奮していた。

里央が背中をシーツにこすり付けるように身体を揺らす。

「ああっ！　アッ、ぁ、ああっ、ああっ！」

「イきそう？」

「んっ！」

本城にすがりつく里央の手に力が入った。しごくスピードを少し速め、射精を促す。

「あああっ！　ああ、あああっ！」

里央がぎゅっと身体を縮めた。普段なら本城の手を染める白濁が、今は小さなピンク色に溜まっていく。

（いやらしいな……）

記念に動画を撮っておけばよかった。

「あ……はぁ……ん……れい、さっ」

里央がはぁはぁと全身で息をする。ペニスの洗浄をしていた分、今日は焦らしが長くなっていた。普段よりも強い快感が苦しそうで、可哀想《かわいそう》になる。

「……ごめんね、やっぱり里央くんのナカに入りたい」

このまましごき続けることはできない。ペニスに痛みや恐怖を与えたくない。かといって、ここで終わりにすることなど到底できそうになかった。

申し訳なさそうに頷く里央の唇を塞ぎ、二人を繋いでいたリボンをほどく。ローションで濡れた手を里央のつつましやかなアナルに添えると、そこは本城を待っていたかのように柔らかかった。

「あっ……」

「……すぐに入るね」

里央は身体も従順だった。表情を確認しながら指を増やし、三本がじゅうぶん動くようになってから性急に細い足を抱える。

「里央くん、入れるよ」

膨らみきった亀頭が里央の繊細なところにめり込む。わずかな抵抗を越えると、熱い肉壁が本城の欲を包んだ。

「ああ……」

思わず腹から息を漏らす。目を閉じて気を引き締めないとすぐに持っていかれそうだった。

「怜司さんの、いっぱいっ……！」

「うん。ちゃんと入ってるよ。今度はお尻で気持ちよくなろうね」

外していなかった里央のコンドームから、わずかに精液が漏れていた。けれどペニスは勃起している。挿入でまた膨らんだのか――それが愛らしく、見ているだけで興奮が高まる。

どうにも我慢ならず、最初から里央の前立腺を狙って腰を振った。亀頭でトントンと突き、ぐりぐりとえぐるようなイメージでこする。

「アアアッ！」

アナルがぎゅうっと締まった。ひどく熱い。そんな中で動いているとギリギリのところで繋ぎとめていた理性が細くなり、すぐに切れた。

「里央っ……！」

里央の身体が動くほど強くナカを穿《うが》つ。

「んぁっ！　ああっ！　ああ、ああっ！」

「里央っ、里央くんっ……！」

小さな身体で懸命に受け止める里央がかわいい。かわいくてたまらない。あまりの愛おしさに、本城の方がどうにかなってしまいそうだった。

イく直前、里央のペニスを見た。激しい律動によってぶるんぶるんと振り回されている。

「やぁぁああっ！　アアアアア――――！」

里央の体内が痙攣《けいれん》した。男のすべてを搾り取るようなナカの動きに誘われるがまま本城も精を吐き出す。

「ッ――――」

「あぁっ！　あああ……ぁ……」

もう絶頂を越えたというのに、里央の身体はさらに本城を締め付けた。耐えきれずもう一度腰を振る。

「アアアッ！　あああっ！」

「ごめんっ……」

まだ強引な行為をしてはいけないとわかっていながら止められなかった。里央の内部を強引に暴き、快楽を貪《むさぼ》る。

「あああっ！　アアッ、あっ」

「つ、は、くっ――」

「アアアア……！」


「里央くん、里央くんっ……！」

正常位で二度射精させ、少し休ませてからの後背位。しかし体力の限界だったのか里央の膝が崩れ、寝バックの体勢になってしまった。自重による刺激を受けた里央が悲鳴のような嬌声を上げる。

「アアアーッ！」

「おっと――大丈夫？」

もう少し鈍感になってからなら本城もこの体位を楽しんだが、今の里央にはまだ苦痛だろう――二回射精したことで、ようやくそう考えられるくらいの理性が戻ってきた。

里央の上体を抱えながら座り、背面座位の体位に変える。

「あああああっ……！」

「もう簡単に入っちゃうね」

足を開かせ、ぴょこんと起った小さな勃起をそっと撫でる。

「まだ出せるかな？　もう無理？」

「んっ、出るっ……！　出したいっ！」

「じゃあこのまま出してごらん」

つまんだ指を動かすと、里央のアナルがきゅっと締まった。

「里央くんっ……！」

耐えきれず、指の動きを速めて早急な射精を促す。小さなペニスが脈を打った時、ナカが本城の勃起を食むような動きをした。こらえきれず、里央の脇腹を掴んで思い切り動かす。

「アーー！　あああッ！」

「里央くんっ、里央くんっ！　かわいいよ、かわいいっ……」

小さな身体。白いはずの背中がほんのりとピンク色に染まっている。

「ああっ！　れいじさっ、れいっ、あっ！」

里央のアナルがさらに締まった。かなりきつい。

「里央くんっ……」

もっと長く楽しみたいーーしかし限界だった。目をつぶり、射精欲だけを追いかけて精液を吐き出す。

「っ……！」

「あああっ！」

ペニスの脈動が収まると、ようやく思考が戻ってきた。本城に寄りかかってぐったりとする里央を慌ててベッドに寝かせ、顔色を確認する。

「ごめんね、無理をさせてしまった」

「いえ……すごく気持ちよかったです……」

里央の声がかすれていた。急いで腹の精液と尻のローションを拭い、キッチンからお茶のペットボトルを持ってくる。

「ゆっくり飲んで」

身体を抱き起こして水分を摂らせる。里央は小さな口でそれを飲むと、疲れたのかすぐに眠りの世界に落ちていった。


カーテンの隙間から光が差し込んでいる。時計を見ると、午前が終わりかけていた。

腕の中の里央がもぞもぞと動き、むき出しの肌がこすれ合う。

「ン……」

「おはよう」

「あ……」

これまでに何度も経験した素肌の朝。

しかし里央はいまだにそれに慣れることがない。視線を右に左にと泳がせる。

「恥ずかしい？」

「はい……」

「こうしたら見えない」

言いながら里央の頭を抱き寄せて腕の中に閉じ込めると、すんすんと胸の辺りで息を吸われた。

「さすがにもう慣れちゃってわからないんじゃない？」

「いえ、大好きな匂いがします」

すんすんすんすん。

さっきまでの羞恥はどこへやら……しばらく愛らしい恋人の好きにさせておく。

ふと、こうして始まったんだよな、と出会った頃を思い出した。

「里央くん」

呼び掛けると、腕の中で里央が動いた。ぴょこんと飛び出してくる顔がかわいい。

「今日はフルーツサンドを作ろうか」

きょとんとした顔が、一気に弾けんばかりの笑顔に変わった。

「やった！　えっと、いちごがいいです！　あとバナナ。あと、」

楽しそうな表情はいつまででも見ていたいが、里央の食べたいものを揃えるには買い物に出なければならない。そう言うと里央は口をぴたりと閉じ、恥ずかしそうに視線をそらした。

里央からの控えめなおねだり——毎朝ベッドを出る前に必ずする、〝おはようのキス〟。

本城は里央の頬を手のひらで包むと、そっと唇を重ねた。

フロアのあちらこちらから、切なそうな、それでいてあまりの快感に暴れだしそうな激しい嬌声が響き渡る。

しかしそこに、聞き慣れたレオナの声はない。今頃系列の店で「指名取り不可、フリーのみ対応」という屈辱《くつじょく》に耐えながら、見知らぬ客に身体をさらしていることだろう。

袴田は本気の悲鳴が含まれていないことを耳で確認しながら、伝票をめくるオーナーの横でフロアの様子に目をこらした。暴力を受けているキャストはいないか、助けを求めているキャストはいないか――そんな初歩的なことさえできなかった元店長には反吐《へど》が出そうだ。

(いや、俺も同じだ)

命令だったとはいえ、店長の指示に従っていた。

「――ねえ袴田くん、よかったの?」

「え?」

思考を止め、右隣を見る。計算が終わったのか、オーナーは袴田を見つめていた。

「里央のこと。好きだったんでしょう」

「――え?」

突然何を――。

「本城様の連絡先。里央が売られるかもって思って、念のために携帯にこっそり入れておいたんでしょう」

やはりバレていたのか。しかしオーナーの顔にも声にも、咎《とが》めるような色はない。

「……別に」

「何かあったら俺のところに来い！　くらい言っちゃってもよかったんじゃないの？　強気な男に弱い子は多いんだしさ」

怒るどころかむしろ、楽しんでいるように見えた。それが胸を苦しくさせる。

「……オーナー。俺は別に里央に特別な感情なんてないですよ」

「またまたぁ」

笑いながら、しかしオーナーの目は真剣だった。じっと見つめていると、表情から笑みが消えて無言で見つめ返される。その反応に、「もういいか……」と腹を括《くく》った。

「――まぁ、付き合いは長いからそれなりに情はありましたけど。恋愛感情なんてないです」

「そうなの？」

「はい」

「ふーん……てっきり里央のことが好きで、でも里央は鈍いから気持ちに気付いてもらえなくて……で、守るために身を引いたのかと思ったよ」

「まぁ……好きな相手が鈍いってのは合ってますけど」

「え？」

「俺が守りたかったのはあなたです」

強気でいった方がいいと言われたばかりなのに、身体は逃げるように向きを正面に戻した。うるさいほどの動悸《どうき》をごまかすべくフロアを見回す。

「……え？」

「あの時は、本当に臓器売買が行われていると思ってましたから。かわいがってる里央が買われたら、あなたが傷つくと思ったんです」

「え……え……」

顔をわずかに動かし、視界の端でオーナーの様子を確認する。しかし表情まではわからなかった。何と言葉を続けようか――そう思った時、インカムで呼ばれた。

『店長、三番チェックです』

了解、と返してオーナーに向き直る。

「三番、会計準備お願いします。テーブルの片付け行ってきます」

「え、あ、ちょっ！」

腕を掴まれた。思わず顔を見ると、袴田を引き留めたはずのオーナーは真っ赤に染まった顔を隠すように俯いた。

あとがき

はじめましての方もこんにちはの方も、拙作をお読みくださりありがとうございました。

著者のgooneoneと申します。みなさん読めない！　とおっしゃいます。

ごーわんわんです。ぐーねぐね（雰囲気）でも大丈夫です。

さて、私はこれまで電子書籍のみの作家でございまして、カクテルキス文庫様から初めて紙の書籍を出していただきました。

最初から最後までご迷惑をおかけしっぱなしで、根気よくお付き合いくださった担当T様には感謝しかございません。

そしてすがはら竜《りゅう》先生。ご多忙の中イラストをお引き受けくださり、本当にありがとうございました。心より楽しみにしております。

本作はもともとダウンロード同人で出していたものを大幅に加筆修正したものでございます。

攻めのヤクザが御曹司になり、結末が変わり……。

新登場の最上《もがみ》はお気に入りです。自由奔放に遊んでいる感じがとても素直で◎。本城《ほんじょう》のSPを二人くらいはつまみ食いしていそうな気さえします。でもそれがSPの統括者にバレていて――何だか一本書けそうですね。

本城は里央《りお》と知り合う前だったら何か言いそうですが、今はさほど気にしないような気がします。いや、ドン引きはするでしょうか。二人の雰囲気におろおろする里央も頭に浮かびます。

本城「少しは相手を選べよ」
最上「選んでるだろ。二人ともいい男だったぞ」
本城「お前……」
里央「(あわあわ)」
最上「ところで里央くん、今度いちご狩りに行かない？」
本城「おい最上」
里央「いちごがり？」

きりがなくなりそうなので、この辺で(笑)

最後までお付き合いくださった皆様に心より感謝申し上げます。
二作目、三作目とご縁をいただけるように精進して参りますので、今後とも何卒よろしくお願いいたします。

gooneone　２０２３年　春

Cocktail Kiss Label

カクテルキス文庫をお買い上げいただきありがとうございます。
先生方へのファンレター、ご感想は
カクテルキス文庫編集部へお送りください。

〒102-0073　東京都千代田区九段北3-2-5 5F
株式会社Jパブリッシング　カクテルキス文庫編集部
「gooneone先生」係 ／ 「すがはら竜先生」係

◆カクテルキス文庫HP◆ https://www.j-publishing.co.jp/cocktailkiss/

御曹司は初心な彼に愛を教える

2023年6月30日　初版発行

著　者　gooneone
©gooneone

発行人　藤居幸嗣

発行所　株式会社Jパブリッシング
〒102-0073　東京都千代田区九段北3-2-5 5F
TEL　03-3288-7907
FAX　03-3288-7880

印刷所　中央精版印刷株式会社

ISBN978-4-86669-5778　Printed in JAPAN